Flávia Côrtes

O OLHO DE HORUS

Ilustrações
Alexandre Alencar

PANTOGRAF

Pinheiral – RJ
1ª edição - 2023

Copyright de texto © Flávia Côrtes, 2023
Copyright de ilustração © Alexandre Alencar, 2023
Direitos de publicação: © Pantograf Gráfica e Editora Ltda

Coordenação Editorial: Juliene Paulina Lopes Tripeno
Edição: Cassia Leslie
Revisão: Christine Dias
Autor do paratexto: Eduardo Ponce
Projeto gráfico: Leda C. S. Teodorico

Dados Internacionais de Catalogação na Publicação (CIP)
Tuxped Serviços Editoriais (São Paulo, SP)
Ficha catalográfica elaborada pelo bibliotecário Pedro Anizio Gomes - CRB-8 8846

Côrtes, Flávia.

O olho de Horus / Flávia Côrtes; Ilustrações de Alexandre Alencar. – 1. ed. – Pinheiral, RJ : Pantograf, 2023.

ISBN 978-65-84955-27-1.

    1. Aventuras - Literatura infantojuvenil.

  2. Mistério - Literatura infatojuvenil

    I. Alencar, Alexandre. II. Título

23-157830   CDD-028.5

ÍNDICE PARA CATÁLOGO SISTEMÁTICO
1. Literatura Infantojuvenil.
2. Literatura juvenill

Tábata Alves da Silva - Bibliotecária - CRB-8/9253

Todos os direitos reservados e protegidos. Nenhuma parte deste livro pode ser reproduzida, total ou parcialmente, sem a expressa autorização da editora.

O texto deste livro contempla a grafia determinada pelo Acordo Ortográfico da Língua Portuguesa, vigente no Brasil desde 1º de janeiro de 2009.

Todos os direitos desta edição reservados à Pantograf Gráfica e Editora Ltda.
Av Pinheiral 744, loja 02 - São Jorge
Pinheiral, RJ - Brasil - CEP 27197-000
www.pantograf.com.br

Aos queridos, que leram os primeiros rascunhos e cobraram de mim o lançamento desta história: Alexandre, Safira, Helena, Gui, Mônica e Guedes.

A Cassia Leslie, por ter topado esse desafio comigo.

Flávia Côrtes

SUMÁRIO

CAPÍTULO 1   A tatuagem 7

CAPÍTULO 2   O sonho 17

CAPÍTULO 3   Um passeio espacial 27

CAPÍTULO 4   O segredo de Alfredo e Malva 39

CAPÍTULO 5   Ayma: cidade subterrânea 55

CAPÍTULO 6   Encontro com um mintakiano 73

CAPÍTULO 7   A ogiva nuclear 93

CAPÍTULO 8   Mensagem dos pais 109

CAPÍTULO 9   O medalhão 123

CAPÍTULO 10   A verdadeira história de Júlio 143

CAPÍTULO 11   A gincana 167

CAPÍTULO 12   O ataque 187

CAPÍTULO 13 A volta de Alcino 205

CAPÍTULO 14 A batalha final 213

CAPÍTULO 15 O retorno 229

Sobre a autora 241

Sobre o ilustrador 242

Uma aventura repleta de ficção científica 243

As ilustrações e o projeto gráfico 245

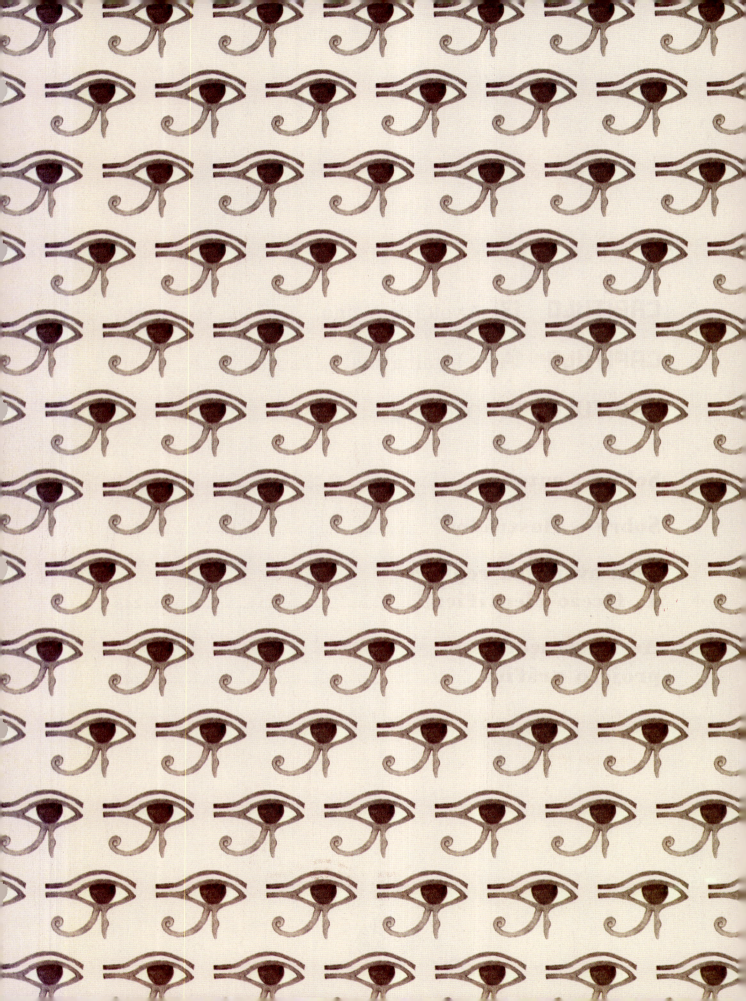

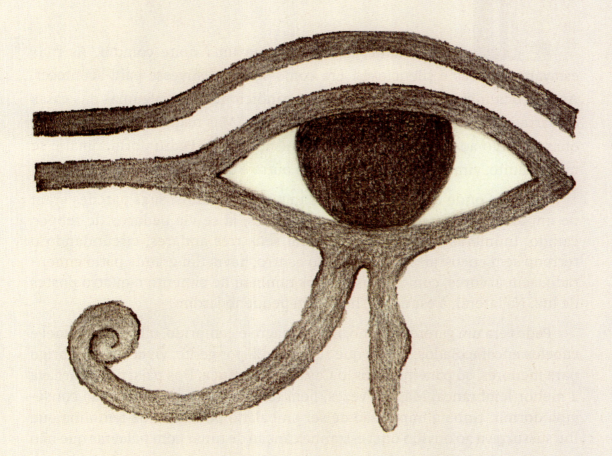

CAPÍTULO 1

A tatuagem

Definitivamente, aquela não era uma noite comum. As ruas estavam desertas e silenciosas. Era como se algo estivesse para acontecer. Apenas o zumbido dos aparelhos de ar condicionado em algumas das casas e apartamentos quebrava um pouco o silêncio. Mas naquele prédio antigo e quase caindo aos pedaços, o calor era insuportável. Pedro dormia mal e se mexia muito, virando de um lado para o outro e dizendo coisas sem nexo.

O prédio onde Pedro dormia tinha mais de 60 anos, suas paredes eram de um azul desbotado e, em diversas partes, já se via pedaços de reboco caindo. Inúmeras colunas sustentavam seus três andares, circundando o terreno sem encostar-se ao muro. No centro, havia um grande pátio cimentado, sem árvores, com alguns bancos também de cimento e quatro postes de luz. Na lateral, à esquerda, havia um pequeno jardim.

Pedro era um garoto moreno, muito magro e comprido, olhos cor de mel e cabelos encaracolados. Desde que se entendia por gente, vivia em um abrigo para menores, só para meninos, o Casa da esperança. Dos pais, não guardava a menor lembrança. Mas, às vezes, bem tarde da noite, quando não conseguia dormir, tinha a impressão de ser embalado por uma voz feminina que lhe sussurrava ao ouvido uma estranha canção de ninar com palavras que não compreendia, mas que lhe traziam muita paz.

Naquela noite, acordou assustado, suando muito, sem entender o que tinha acontecido. Sentou depressa-na cama e ajeitou o travesseiro atrás das costas. Será que tinha sido um sonho? Que loucura, que sonho mais doido! Essas coisas não existem! Procurou não pensar naquilo e tentou relaxar.

— Foi só um sonho! — disse em voz alta, para garantir. — Só um SO-NHO... Só um Sonho... sonho... — Já ia cochilando de novo, escorregando pelo travesseiro, as pálpebras pesando intensamente, quando levou a mão à testa para enxugar o suor e viu algo que não deveria estar ali.

Na parte interna do pulso de sua mão direita, havia um desenho estranho, como uma tatuagem. Admirado, levantou-se e foi ao banheiro olhar melhor. Acendeu a luz e viu que a tatuagem era pequena e dourada. Não sabia o que significava aquele símbolo, mas se parecia muito com um olho. Seu coração batia forte, mil pensamentos passavam por sua cabeça e se perguntava se o sonho não teria sido real. Procurou afastar aquelas ideias, tentando se convencer de que só podia ser brincadeira de algum dos garotos. Decidido a se livrar dela, lavou a mão com sabonete e fez bastante espuma; esfregou tanto que ardeu. Enxugou a mão e olhou meio ressabiado, com o coração batendo tão alto que quase dava para escutar. E lá estava ela sem uma falha sequer, inteirinha.

Pedro não queria acreditar, não podia. Lavou a mão de novo, mas desta vez esfregou com a toalha. Ardeu mais ainda e, novamente, nada aconteceu. A tatuagem continuava lá. Deduziu então que não poderia ter sido um dos garotos; além do mais, olhando bem, aquilo não tinha cara de tatuagem. Era em alto relevo, como se estivesse por baixo da pele, o que dava a ela um aspecto metálico e dourado.

Percebendo que não poderia fazer nada a uma hora daquelas, achou melhor voltar para a cama e dormir. Imaginava que talvez tudo não passasse de um grande pesadelo e que, pela manhã, descobriria que não havia nada em seu pulso. Mas não foi capaz de conciliar o sono até o amanhecer, quando o sinal tocou. Era hora de levantar.

Os garotos do abrigo levantaram eufóricos, porque aquele seria o grande dia do passeio pelo qual esperaram o mês inteiro. Haviam recebido de uma ONG (Organização Não-Governamental) entradas para o cinema. Novidade para a maioria dos garotos. Pedro havia sonhado com este dia tão ou mais intensamente do que os outros, mas embora se esforçasse muito para esquecer, não conseguia tirar o sonho da cabeça e, se continuasse daquele jeito, não daria para prestar atenção em filme nenhum.

Houve uma época em que Pedro ia ao cinema quase todos os fins de semana com Alcino. Como sentia falta do Seu Alcino. Ele era seu padrinho do projeto Adote uma criança, em que qualquer pessoa que não quisesse ou pudesse adotar, podia tornar-se padrinho ou madrinha de uma ou mais crianças, contribuindo mensalmente com uma determinada quantia em dinheiro. Eventualmente também podia levar a criança para passear. Mas Alcino fazia tempo que não visitava Pedro.

Seu melhor amigo era Júlio, um garoto de olhos grandes e muito estudioso que lia tudo o que caía em suas mãos. Naquela manhã de sábado, Pedro tinha levantado tão rápido que não tivera tempo de lhe contar a novidade. Foi um alívio quando chegou ao refeitório e viu Júlio sentado à mesa de café da manhã quase devorando a bandeja, embora a comida ali não fosse lá essas coisas. Pedro entrou na fila menor e pegou um copo de leite. Não estava com muita fome nem paciência de enfrentar a fila do pão e do bolo.

— Júlio, tenho que te mostrar uma coisa... — começou Pedro nervoso, mas foi interrompido pelo amigo.

— Oi, Pedro! Você tem que provar isso aqui — disse, levando à boca um enorme pedaço de bolo de aparência não muito convidativa.

Pedro deu uma olhada ao redor para ter certeza de que ninguém os observava.

— Dá uma olhada nisso! — e mostrou o pulso direito.

Júlio, com a boca cheia de bolo, olhou sem muito interesse.

— E daí? Uma tatuagem, grande coisa... Quem te deu? Seu Alfredo? Veio no jornal de hoje?

— Isso é que é estranho. Veio de um sonho.

— Sonho?! Como assim? — Júlio, de boca cheia, derrubava migalhas de bolo enquanto falava.

— Não sei direito, quem sabe você consegue me explicar, já que lê tanto.

— Falando muito e comendo pouco, não é, Seu Pedro? — Malva, uma mulher amarga e rabugenta, que cuidava de quase tudo relacionado aos garotos, não estava com cara de muitos amigos naquela manhã. — Coma direito, seu leite está esfriando. Não sabe que o alimento é sagrado e devemos respeitar

— E então, vai contar o sonho ou não vai?

Malva entrou no refeitório nesse momento, gerando um silêncio digno de um velório; pelo caminho, ia corrigindo a postura de uns e a posição dos talheres de outro. Júlio cutucou o amigo. Pedro decidiu se calar até encontrar um momento oportuno.

Algumas horas mais tarde estavam no ônibus a caminho do cinema. Mas não foi nada parecido com o que imaginaram. A algazarra e os trotes nos colegas dorminhocos que imaginaram foram substituídos por cantorias chatas, regidas e entoadas com grande estardalhaço por Malva. Quando se cansou, ela se sentou e ordenou silêncio. Júlio enfiou o rosto em um volume de Vinte mil léguas submarinas, de Júlio Verne.

Pedro não tinha muita paciência para ler como Júlio. Estudava o suficiente para passar de ano um pouco folgado, sem recuperação. Como era, diziam, muito inteligente para sua idade, sempre se saía bem. Ele gostava mesmo era de jogar bola no time da escola, o Galinhos, onde era atacante. Competiam sempre com outros times como o deles, de outras escolas públicas. Não havia campo de futebol dentro do abrigo, e os jogos aconteciam nas próprias escolas. O maior sonho de Pedro era competir com o Tornado, time mais famoso do bairro. Ele era o jogador que mais fazia gols. Era adorado pelos garotos do time e temido pelos adversários. Esses eram um dos raros momentos em que Pedro se sentia verdadeiramente feliz por estar vivo.

O abrigo precisava de uma reforma. Havia muita umidade nas paredes descascadas e mofadas, e os banheiros já quase caíam aos pedaços. Mas era o que Pedro podia chamar de lar, era o único do qual se lembrava. Dividia um beliche com Júlio em um quarto com outros nove beliches. Estudavam em uma escola pública pela manhã e, à tarde, tinham reforço escolar, graças a algumas senhoras voluntárias. Além disso, nas horas livres havia sempre o terceiro andar. Lá se encontrava a sala de TV, com uma tela minúscula, que só funcionava depois de levar uma sacudidela de Alfredo. E o salão de jogos, com alguns jogos de tabuleiro, uma mesa de ping-pong e outra de totó, todas doadas por Alcino. Já eram usadas, mas estavam em bom estado. No Natal, costumavam ganhar as roupas usadas que outras pessoas não queriam mais. Não lhe davam muita atenção por ali, mas ele não se importava com isso. Achava até melhor assim, afinal não lhe incomodavam.

Eram cinquenta e seis garotos, que se desentendiam praticamente o dia inteiro, e seis funcionários mal pagos e estressados: o diretor, Alfredo, um homem de meia idade, de caráter justo e paciente, mas muito exigente; Malva, irmã solteirona do diretor; Mariana, a cozinheira; Jonas, o zelador; Souza, o enfermeiro e Doutor Coutinho, médico de especialidade desconhecida que aparecia duas vezes por semana no abrigo. Todos, com exceção de Souza e Coutinho, dormiam no abrigo.

O ônibus parou de repente, e Malva começou a dar ordens:

— Chegamos, garotos! Atenção! Quero todos em fila e em silêncio, saindo do ônibus com calma e organização! Esperem aqui.

Dizendo isso, ela seguiu com passos enérgicos até a bilheteria do cinema. Júlio guardou o livro no encosto do banco da frente antes de descer.

— E aí, Pedro? Vai falar ou não vai?

— Não percebe que é coisa séria, Júlio? Não dá pra falar assim. Alguém pode escutar. O que posso adiantar é que é uma coisa de outro mundo, ou melhor, de outro planeta.

Pedro tomou seu lugar na fila, deixando Júlio louco de curiosidade.

— Vamos, garotos! Tudo acertado! — chamou Malva, direcionando-os para seus lugares.

Foi uma emoção muito grande o momento do início da exibição, quando muitos dos garotos estavam vendo uma tela de cinema pela primeira vez. Por algumas horas, Pedro esqueceu do sonho e se divertiu.

Já estava anoitecendo quando voltaram para o abrigo e, naquela noite, tiveram uma agradável surpresa. No refeitório, algumas dezenas de pizzas e refrigerantes aguardavam por eles. Um verdadeiro banquete, tudo incluído no passeio. Um dia assim, tão perfeito, era raro por ali. Encostada ao batente da cozinha, Malva os olhava tranquila e falava para Mariana, a cozinheira, uma senhora de profundos olhos azuis:

— Bonito, não é, Mariana?

— O que, Dona Malva? — Mariana perguntou entre um copo e outro de refrigerante que enchia para os garotos.

— Vê-los assim, tão contentes... E pensar que isso não durará por muito tempo.

— É verdade — respondeu a bela senhora, pensativa.

Após o lanche, um a um, os garotos foram se encaminhando para os seus quartos. Pedro dividia o seu com outros dezoito, além de Júlio. Naquela noite, após tanta agitação, todos se deitaram mais calmamente do que de costume, e o sono também foi chegando depressa. Júlio até tentou tirar alguma coisa de Pedro sobre o sonho, mas ele lhe pediu que esperasse mais um pouco. A luz da lua entrava pela janela, e Pedro aguardava ansioso o momento de contar ao amigo para juntos chegarem a alguma conclusão. Enquanto isso, observava a estranha tatuagem em seu pulso direito, desejando que não tivesse sido apenas um sonho. E quando finalmente todos pareciam adormecidos, Pedro cutucou a parte de cima de seu beliche com os pés. Júlio se pendurou de cabeça para baixo, e Pedro lhe fez um sinal para a porta. Os dois então levantaram-se e subiram as escadas no fim do corredor, muito silenciosamente. Chegando ao salão de jogos, Pedro foi logo dizendo:

— Até que enfim! Achei que nunca ia poder te contar.

— Vai, desembucha logo, senão vou explodir de curiosidade.

— Se não explodiu até hoje de tanto que come, não precisa se preocupar com mais nada.

— Deixe de palhaçada e vai falando — disse Júlio, ofendido.

— Está bem, é o seguinte... — E Pedro começou a contar tudo o que conseguia lembrar ao amigo.

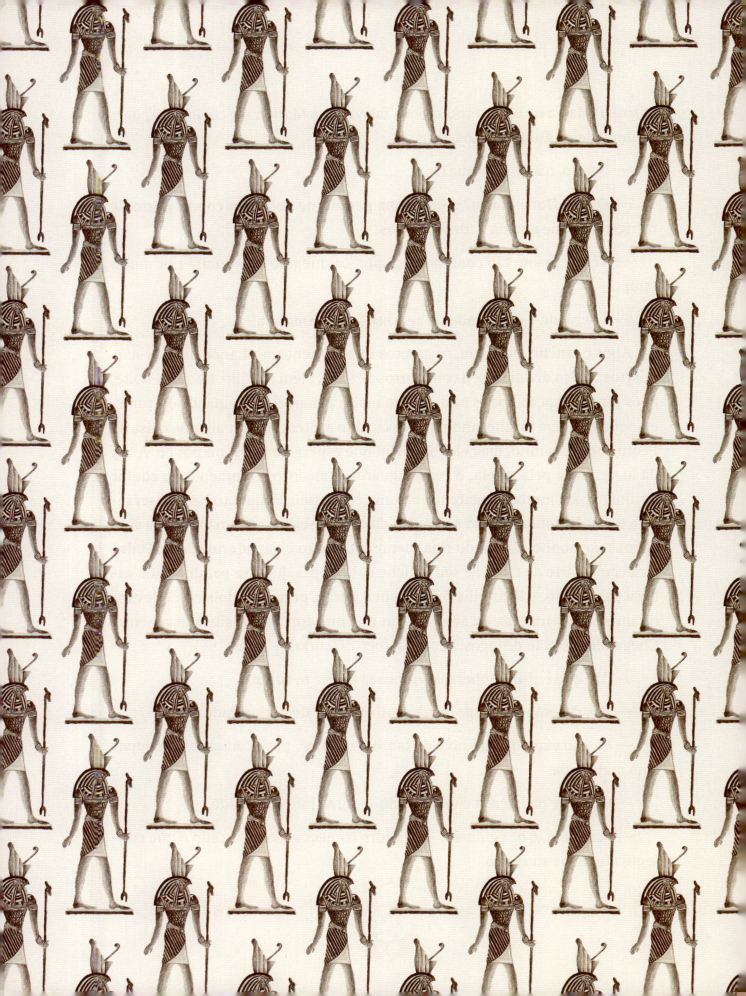

CAPÍTULO 2

O sonho

Naquela sexta-feira, Pedro tinha ido dormir tranquilo, pensando no passeio que faria no dia seguinte. Lembrava-se apenas de ter descansado a cabeça no travesseiro para logo depois se perceber do lado de fora do abrigo, mais precisamente em cima do telhado. Todo seu corpo estava coberto por uma intensa luz prateada. Pouco acima dele, suspensa no ar, uma estranha estrutura metálica, formada por uma série de anéis também metálicos, muito brilhantes; no centro havia uma abertura em forma de estrela, de onde vinha a intensa luz. Em um piscar de olhos, Pedro estava lá dentro.

Uma figura estranha se aproximou de braços abertos. Algo em sua aparência deixava claro que não era humano, embora pudesse passar despercebido para olhos mais distraídos. Era jovem, muito alto, talvez uns dois metros, magro, cabelos lisos e loiros caídos até os ombros e enormes olhos azuis. Vestia um macacão acinzentado com estranhos símbolos sobre o peito que pareciam ser hieróglifos, os símbolos egípcios antigos que o professor Elio tinha mostrado na aula. Ele segurou Pedro pelos ombros com firmeza.

— Arfat! Finalmente, que alegria! Você não faz ideia de o quanto esperei por este momento.

Pedro, muito assustado, sem compreender o que se passava, pensou que deveria estar sonhando. Lutando contra o medo que teimava em se aproximar, conseguiu dizer muito timidamente:

— Não me chamo Arfat. Meu nome é Pedro.

O estranho homem o encarou, e Pedro percebeu uma bondade infinita naquele olhar; o que o deixou mais calmo, mas não menos assustado.

— Está bem, Arfat, como preferir. Você logo irá entender. Mas não sou eu quem vai te contar. Venha por aqui.

Estendendo o braço em direção a uma das paredes, o homem ordenou:

— Abra!

A parede se abriu como por encanto, deslizando para o lado e revelando aos poucos uma grande câmara circular de tonalidade lilás. Em toda a volta, uma série de objetos dispostos lado a lado que pareciam computadores futurísticos, ladeados por placas com hieróglifos gravados em alto relevo. No centro, havia algumas poltronas brancas arrumadas em círculo. Duas delas estavam ocupadas. O jovem misterioso que o acompanhou até então, falou:

— Como fui indelicado. Meu nome é Rugebom, e estou aqui para te apresentar aos seus pais.

As duas pessoas sentadas se levantaram de chofre e viraram-se, dando de encontro com um Pedro muito confuso e nervoso. Eram muito parecidos com Rugebom: a mesma altura, os mesmos olhos bondosos. O homem, porém, apesar dos mesmos cabelos loiros, aparentava ser mais velho e tinha um certo ar de dignidade e sabedoria; a mulher tinha as feições mais delicadas e era muito bonita. Os dois sorriam.

"É só um sonho", dizia Pedro a si mesmo.

O homem estendeu os braços e disse:

— Arfat, meu filho! Quanta emoção! Venha cá e dê um abraço em seu pai, não tenha medo.

— Meu nome é Pedro — sussurrou humilde.

Mas ele pareceu não ouvi-lo e o abraçou efusivamente, apertando-o contra o peito. A mulher então se aproximou, e Pedro pôde perceber que algumas lágrimas lhe corriam pela face. O garoto sentiu uma emoção e um carinho inexplicáveis por ela, que o olhou como se o visse pela primeira vez e como se tentasse guardar cada pedacinho dele dentro da lembrança. Segurou seu rosto com as duas mãos e lhe beijou suavemente a testa. Ainda atordoado, Pedro foi convidado a sentar em uma das poltronas, tendo o casal à sua frente e o jovem Rugebom ao seu lado.

— Meu querido! — começou a mulher. — Sinto que é minha a responsabilidade deste momento tão importante em nossas vidas. Meu nome é Shannyn e, embora seja difícil para você acreditar, sou sua mãe. Você está aqui esta noite porque este encontro já foi planejado há muito tempo, na verdade, desde o seu nascimento, exatamente há doze anos, em um planeta muito distante chamado Alnitak, na constelação de Orion. Por motivos que não podemos revelar agora, tivemos que deixá-lo à porta daquela instituição. Não tenho palavras para expressar minha gratidão pelo cuidado que tiveram com você em todos esses anos. Agora é chegado o momento de você conhecer toda a sua história e se preparar para os momentos que hão de vir.

Pedro sentiu um nó na garganta e ajeitou-se na poltrona tentando disfarçar. O homem falou:

— Seu verdadeiro nome é Arfat. Pedro foi o nome que lhe deram na Terra. Eu sou Shenan, seu pai. — E, olhando fundo nos olhos de Pedro, continuou — Não foi nada fácil viver sem a sua presença nesses treze anos.

— Só lhe peço para que tenha um pouco mais de paciência e me siga. Logo você irá entender tudo — Shannyn o levou até uma segunda porta a qual ordenou que se abrisse, exatamente como Rugebom havia feito antes.

Entraram em outra sala de uma beleza ímpar. Enormes cristais, que pareciam brotar do chão, lhe conferiam um brilho inacreditável. Na parede, placas com os misteriosos símbolos egípcios. Pedro ficou atordoado e, dali para frente, tudo ficou meio confuso. As lembranças começaram a falhar. Embora sentisse, no íntimo, que tinha tido consciência do que havia acontecido naquela noite, por mais que se esforçasse, não conseguia se lembrar de tudo. Lembrava que Shenan lhe tinha dito coisas importantes relacionadas a uma missão. Que tinha falado muito sobre Alnitak e sobre um tal olho de Horus. Mas o resto eram apenas ecos em sua mente, como um quebra-cabeças onde faltavam muitas peças.

Pedro repetia mentalmente sem parar: "É só um sonho, é só um sonho..." A última coisa de que se lembrava foi de Rugebom colocando sua mão direita espalmada dentro de uma máquina estranha, muito parecida com um caleidoscópio, mas retangular. Ouviu um barulho, sentiu uma leve fisgada no pulso direito, uma luz prateada piscou ofuscando sua visão, e ele acordou.

Júlio estava de boca aberta, o biscoito que segurava na mão direita ainda estava intacto. Sempre guardava alguns embaixo do travesseiro para qualquer emergência.

— E então? O que você acha? Dá pra decifrar?

— Não sei. Me deixa pensar um pouco. É de dar um nó.

— O quê?!

— No cérebro. Um nó no cérebro. Mas me deixa pensar. Você disse que ela... Como era mesmo o nome dela?

Pedro tentou balbuciar alguma coisa, chegou a abrir a boca, mas não foi tão rápido quanto Júlio.

— Ah, é! Shannyn. Um belo nome, bastante intrigante.

— Anda logo, Júlio!

— Deixa ver, não me apressa Pedro, ou devo te chamar de Arfat?

— Ora, não comece!

— Certo. Mas, como ia dizendo, ela falou que tudo já estava previsto há treze anos, desde o seu nascimento. E todo mundo sabe que você tem onze anos e vai fazer doze amanhã, não é mesmo?

— É — Pedro nem tinha reparado nisso.

— Então está aí a prova de que tudo não passou de um simples sonho, já que sua verdadeira mãe jamais erraria a data do seu nascimento, ainda mais um erro tão grande como este, um ano e dois dias. Problema solucionado. Vamos dormir — dizendo isso, enfiou o biscoito na boca e caminhou em direção à porta.

— Espera aí! — Pedro o segurou pela gola do pijama de bolinhas. — E o que me diz disso aqui, senhor sabe-tudo? — e colocou o pulso direito embaixo do nariz de Júlio, que quase se engasgou.

Ele segurou o braço de Pedro e examinou cuidadosamente a "tatuagem". Já havia se esquecido dela.

— E então, Júlio? Ainda acha que foi só um sonho? — mas o interesse de Júlio havia voltado repentinamente e ele não podia ouvi-lo, estava raciocinando.

— Interessante! Você disse que esse tal de Rugebom colocou sua mão dentro da máquina esquisita, a mão direita aberta, foi o que você disse. Isto é, com o pulso direito virado pra cima, exatamente onde agora se encontra esta marca.

— Não tinha pensado nisso — disse Pedro, olhando para o pulso. — Não é que é mesmo?

— Elementar, meu caro Watson! — brincou Júlio, imitando Sherlock Homes, o famoso detetive. — E notei também que sua "tatuagem" se parece muito com um olho, ou melhor, *o olho de Horus*, não foi assim que o chamaram?

Pedro assentia com a cabeça quando um farfalhar de cortinas se ouviu. Os dois se viraram imediatamente em direção à janela, mas nada viram. Deduziram ter sido o vento, já que estavam mesmo muito impressionados. Petrificado, Pedro se dava conta da realidade da situação. Não sabia como não percebera antes. Olhou com grande atenção para o pulso e falou, quase num sussurro, as pernas tremendo:

— Você também acha que não foi um sonho? Que tudo aquilo aconteceu?

— Isso eu não sei, afinal, tem muita coisa esquisita nessa história. Preciso de mais tempo pra pensar. Vou dar uma olhada em alguns livros da biblioteca e ver se acho alguma coisa.

— Faça isso então, e faça o mais rápido possível — disse Pedro passando a mão sobre o olho de Horus.

— Certo, mas amanhã. Agora temos que voltar, antes que sintam a nossa falta. — Os dois voltaram para o dormitório com a certeza de que uma longa noite de insônia os aguardava.

Sob a luz da lua que iluminava o salão de jogos agora vazio, projetou-se uma sorrateira sombra humana, vinda de trás da cortina e passando rapidamente para o corredor. As janelas estavam fechadas.

Mal amanheceu o dia, e Júlio já estava pesquisando sobre o olho de Horus. A biblioteca do abrigo estava longe de ser uma biblioteca de verdade. Era Malva quem insistia em chamá-la assim. Não passava de uma sala poeirenta com uma estante velha e alguns poucos e desatualizados livros. Ainda assim, era o local favorito de Júlio.

Quando Pedro o encontrou, ele já estava fazendo anotações, com a enciclopédia inteira empilhada à sua frente tapando toda a sua visão e, consequentemente, a de quem tentasse vê-lo. Pedro o reconheceu pelas migalhas que estavam por toda parte, sobre a mesa e no chão. Além de ser meio difícil algum dos garotos dali ser visto na biblioteca, ainda por cima em um dia de domingo.

— E aí? Descobriu alguma coisa?

Júlio levantou-se encostando o nariz na pilha de livros.

— Ah! Oi, Pedro! Feliz aniversário!

— Obrigado. Encontrou alguma coisa?

— Hoje tem bolo, né? É dia dos aniversariantes do mês, não?

— Tem sim, mas pare de pensar em comida e fala logo o que encontrou.

Por ali, os aniversários eram comemorados apenas uma vez por mês, afinal eram muitos garotos. Nesse ano, a data da singela festa do aniversariante do mês coincidira com o aniversário de Pedro. Costumavam comemorar sempre no primeiro domingo de cada mês.

— Bom, não descobri muita coisa, mas o pouco que tenho aqui já é de arrepiar os cabelos.

— Tá, tá. Mostra logo! — disse Pedro impaciente, arrastando uma cadeira para sentar.

— Deixa ver... Onde foi que eu coloquei mesmo... — Júlio remexia toda a mesa. — Achei!

E retirou um papel amarrotado e sujo por alguma coisa identificável debaixo da pilha de livros.

— Na letra "O" não achei nada, mas achei alguma coisa no "H", em "Horus"... *"Horus foi um importante deus egípcio, representado por uma cabeça de falcão, tendo o sol como olho direito e a lua como esquerdo. O olho de Horus é considerado um poderoso amuleto e é representado por um olho humano com as marcas das bochechas de um falcão. Também era usado para adquirir sabedoria, saúde e prosperidade."*. Entendi que isso é uma espécie de proteção pra você, um amuleto, ou algo assim.

— Proteção? Mas querem me proteger de quê? E **quem** quer me proteger?

— Quem sabe? Vou pesquisar mais. Vou pedir à professora Patrícia para me arranjar algum livro sobre o Antigo Egito.

— E ela não vai achar estranho?

— Não. De vez em quando, ela pega um livro na biblioteca da faculdade dela pra mim.

— Então, faz isso. Quem sabe a gente descobre mais alguma coisa.

O único problema é que estavam de férias e ainda faltava um bom tempo para recomeçarem as aulas. Pedro já antevia um grande sofrimento pela frente.

À tarde, na hora do lanche, Júlio encontrou Pedro deitado no dormitório.

— Ué, o aniversariante do dia não vai assoprar as velinhas? Vamos que estou morto de fome.

— Eu quero é novidade, pois você estar morrendo de fome já é normal, Júlio — disse Pedro, enquanto se levantava e seguia o amigo, sem muito ânimo.

Chegaram ao refeitório, e os garotos já estavam comendo enormes fatias de bolo de chocolate e creme, uma lambuzeira só. Pedro e Júlio serviram-se logo de suas fatias e foram se sentar no lugar de sempre.

Mariana se aproximou.

— Pedro, meu querido, não vai assoprar as velinhas?

Pedro ia responder que havia perdido a hora do parabéns por ter demorado no banho, o que não era verdade, mas Mariana já tinha nas mãos um bom pedaço de bolo com duas velas acesas. Não eram novas, certamente já haviam sido usadas em muitos outros aniversários. Doze anos... Já não tinha mais tanta certeza disso.

Mariana colocou o bolo sobre a mesa.

— Quando vi que estava demorando, tratei de guardar este para você. Não é todo dia que se faz doze anos. Também é raro alguém fazer aniversário justo no dia da festa dos "aniversariantes do mês". Vamos, faça um pedido! — E começou a cantar, sendo acompanhada por todos: — Parabéns...

Pedro desejou ter uma resposta para aquele problema. Deitou-se aquela noite esperando sonhar com os pais novamente e, dessa vez, estaria preparado para fazer milhares de perguntas. Da primeira vez, estava assustado e confuso demais para fazê-las, agora seria diferente. Mas o único sonho que teve foi com o Guto, um garoto detestável de sua escola, lhe dando um tremendo chute na canela durante um jogo importante, na hora exata em que ele marcaria um gol decisivo para a sua carreira de jogador. E justo quando um "olheiro" de um dos mais importantes times da Itália estava ali assistindo. Pedro acordou muito aborrecido no dia seguinte e ficou feliz por estar de férias e não ver o Guto. Corria o risco de estrangulá-lo.

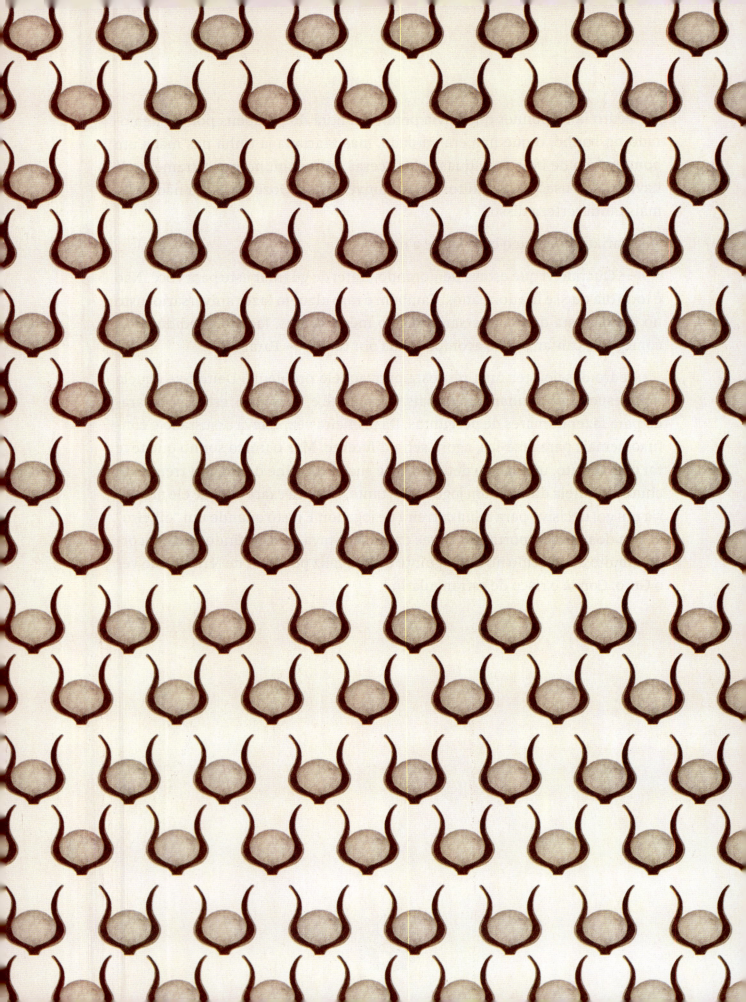

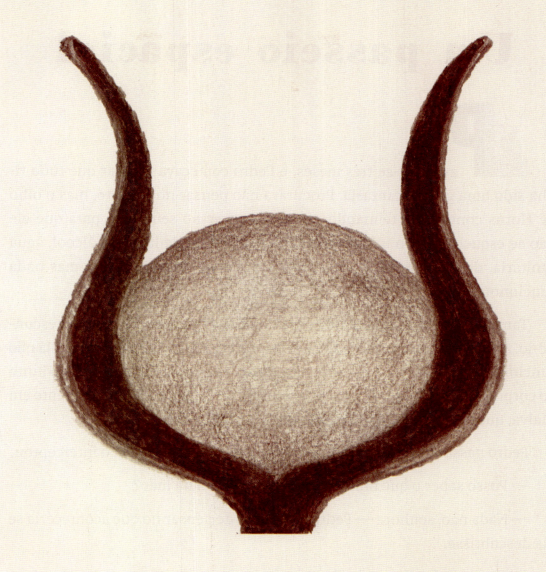

CAPÍTULO 3

Um passeio espacial

Passaram-se três meses, e Pedro começava a achar que tudo tinha sido uma grande fantasia. Procurava não pensar no assunto, mas o olho de Horus continuava teimando em permanecer no seu pulso para que ele não se esquecesse. No início, até que tentou tirá-lo de lá. Usou álcool, água sanitária, detergente, óleo de cozinha e até cocô de passarinho, mas nada funcionou.

Também não ajudava em nada a dificuldade que vinha tendo em escondê-lo. Às vezes, usava um relógio de pulseira larga dado por Alcino, que já não funcionava mais. Mas, na maioria das vezes, procurava manter o pulso junto ao corpo. O problema é que começou a levantar suspeitas. Principalmente em Malva, que não deixava nada passar por seus olhos de águia.

Pedro passava pelo corredor do segundo andar quando ela o interceptou.

— Posso saber o que tanto o *senhor* esconde aí na mão?

— Nada não, senhora — Pedro tremeu só de pensar no que aconteceria se ela descobrisse.

— Como nada? Estou vendo claramente que esconde alguma coisa. Está escrito na sua testa. E já faz tempo que venho notando o *senhor* meio estranho — e, com decisão, ordenou — Abra a mão!

Pedro, que de burro não tinha nada, pensou rápido e esticou os braços para a frente, mãos abertas, viradas para baixo. Sacudia os dedos para mostrar que não havia nada preso a eles. Malva parecia decepcionada por nada ter caído no chão. Ia falar mais alguma coisa quando foi interrompida por Alfredo.

— Malva, que bom te encontrar. Preciso falar com você. Vamos até o meu escritório.

— Estou indo, meu irmão. E quanto a você, Pedro — e o olhou com os olhos de águia como se penetrassem em sua alma. —, se cuida que estou de olho nas suas traquinagens.

— Vamos, Malva. É urgente — insistiu Alfredo, praticamente puxando a irmã pelo braço.

Aliviado, Pedro viu os dois se afastarem e correu ao encontro de Júlio na sala de TV.

Naquela mesma noite, se viu novamente sobre o telhado do abrigo. Estranhou, pois o céu não era o mesmo que tinha visto ao se deitar. Embora lembrasse ter visto uma noite nublada e chuvosa, sobre sua cabeça inúmeras estrelas salpicavam um céu completamente límpido, exceto por duas grandes nuvens. O ar também estava diferente, parecia mais puro. Podia senti-lo entrando e preenchendo seus pulmões. Percebeu então que não estava exatamente sobre o telhado, e sim flutuando alguns metros acima dele.

Pedro teve medo, mas não podia negar que a curiosidade que sentia era ainda maior. Foi quando notou as nuvens se afastando lentamente, deixando à vista uma gigantesca nave, que ele imaginou ser do tamanho do estádio do Maracanã, talvez ainda maior. Os muitos andares tinham em toda a sua extensão inúmeras janelas e, na parte central, cortando-a de cima a baixo, uma espécie de nariz adunco e achatado, como o bico de um papagaio. Na parte debaixo da nave, havia uma plataforma chata e retangular que, embora não a tocasse, parecia estar ligada a ela por uma força desconhecida.

A nave estava completamente imóvel. Já havia visto desenhos e até fotos de naves espaciais, mas nada parecido com aquilo. Não era achatada como um disco voador, e sim arredondada; lembrava uma bacia de cabeça para baixo. Viu quando uma pequena nave surgiu na plataforma e veio silenciosamente em sua direção. Esta, já mais parecida com o que imaginava ser uma nave espacial, era ligeiramente pontuda na frente e nas duas extremidades traseiras, que se abriam em "v" como a cauda de uma andorinha.

No instante seguinte, já se encontrava dentro dela, sentado ao lado de Rugebom.

— Olá, Arfat! Como vai? Pronto para um passeio?

Pedro já não tinha mais medo de Rugebom, mas começava a ter a sensação de que ele podia ler seus pensamentos mais íntimos.

— Pra onde vamos? — o garoto estava eufórico, jamais havia imaginado que um dia andaria em um disco voador.

— Digamos que vamos dar uma "saidinha"... — respondeu, completando a frase para espanto de Pedro — do planeta.

— C...como é que é? — Pedro estremeceu.

Rugebom sorriu e tocou levemente por sobre o painel de controle à sua frente, o que fez com que subissem imediatamente. Os controles e algumas partes das paredes da nave eram cobertos por hieróglifos egípcios. O macacão de Rugebom também os tinha desenhados no peito. O jovem extraterrestre tocou em um símbolo, e uma placa fina de metal se retraiu sobre os pés dos dois. O fundo da nave ficou completamente transparente. A visibilidade era perfeita. Acima de suas cabeças e toda a parte da frente, também era transparente. Pedro pôde ver as construções se distanciarem mais e mais até parecerem somente um monte de desenhos no solo. Continuaram subindo, a Terra se distanciando cada vez mais até tornar-se somente mais uma estrela no espaço. Rugebom fez uma manobra arriscada e mergulhou em direção a Terra. Pedro segurou o braço de seu assento com firmeza, mas Rugebom parecia saber o que estava fazendo.

— Bem vindo à Amazônia — disse Rugebom.

A nave continuava descendo em direção a uma grande floresta. Pedro pensou que se Rugebom não diminuísse a velocidade iriam se esborrachar no meio da mata fechada. Mas estava enganado. Quando estavam a poucos segundos de se chocar, uma clareira surgiu como por encanto, como se as árvores tivessem aberto caminho para que eles passassem. Pousaram junto a algumas dezenas de outras naves, de diferentes tipos e tamanhos. Um estacionamento espacial em plena Floresta Amazônica. Juntaram-se a um grupo de pessoas que parecia esperar por alguma coisa ou alguém. Pedro olhou em volta e viu que todo o grupo era formado por pares como ele e Rugebom. Cada pessoa acompanhada de um extraterrestre. Nem todos eram loiros como Rugebom, mas possuíam os mesmos olhos azuis, tinham o mesmo tipo físico e vestiam-se com macacões também diversos em cores e símbolos.

Um palco redondo e iluminado surgiu de repente não se sabe de onde. As pessoas se acomodaram ao redor, umas sentadas, outras de pé. Um ser luminoso — de seu corpo emanava uma suave luz azulada —, usando uma longa túnica branca, com um cinto fino dourado de pontas pendentes, surgiu no centro do palco. Pedro se admirou quando ele começou a falar em alto e bom som, mas sem mover os lábios.

— Meus caros, é com grande satisfação que nos reunimos mais uma vez para tratar dos assuntos referentes à grande transição que não tardará. Como sabem, a Fraternidade Universal está prestes a se tornar uma realidade. Tempos virão em que homens de todas as galáxias estarão unidos em situação de igualdade, vivendo em harmonia e paz. Não haverá mais necessidade de nos escondermos, de fingir que não existimos...

Pedro caminhou lentamente, dando a volta pelo palco, e estranhou ao perceber que onde quer que se posicionasse, fosse na frente ou atrás do palco, o palestrante estava sempre voltado para ele. Se perguntava se não seria uma projeção holográfica. Já tinha visto isso em um filme. Foi quando algo chamou sua atenção. Uma garota muito bonita, de cabelos dourados como fiapos de milho, usando apenas uma camisolão branco que lhe cobria até os pés. Foi aí que Pedro se preocupou com o que vestia, afinal estava dormindo e não teve tempo de se arrumar, nem sequer sabia como tinha saído da cama. *Será que sou sonâmbulo?*, pensou. Teve um lampejo de pavor, ao imaginar: *e se estivesse só de cuecas?* Ficou ainda mais espantado quando viu que estava vestido com sua melhor roupa: calça jeans, camisa azul e tênis branco, que Alcino havia lhe dado no Natal. Não podia deixar de se perguntar como poderia ter trocado de roupa e não se lembrar de nada. Nem porque não vestiu um short e uma camiseta, muito mais à mão. A garota o olhou com ar de censura. Pedro sentiu o rosto corar, pois percebeu que a estava encarando há algum tempo. Prestou novamente atenção ao palestrante.

— ... e todos devemos nos preparar para os momentos difíceis que virão. Seres perigosos tentarão nos atacar, impedir que haja união entre os povos da Terra e os Interplanetários. Devemos ter cuidado para não sermos enganados, já que muitos deles estão entre nós, passando-se por pessoas comuns. Mas não pensem que eles são como os Medjais, que somente agora tomam consciência de quem são e do que devem fazer; esses seres já vieram para a Terra como homens e mulheres feitos e têm meios de reconhecer um Medjai e tentar impedi-lo de seguir em frente em sua missão. Identificá-los é praticamente impossível, já que podem adquirir a forma física que quiserem. O que sabemos é que adotaram a forma humana, mas a aparência e a idade que escolheram nos são desconhecidas. O olho de Horus irá protegê-los. Mas não se esqueçam, se vocês não se desviarem do caminho, não há como serem atingidos por eles, apenas não caiam em suas artimanhas. Estaremos sempre em contato nessas reuniões periódicas em que serão trazidos por seus guardiões. Fiquem em paz.

E ergueu os braços para cima, desaparecendo sob uma suave névoa lilás. Pedro deu outra olhada ao redor e percebeu agora que todos os que ali se encontravam eram jovens como ele e Rugebom. Não havia adultos. A menina dos cabelos dourados estava olhando para ele e sorrindo, acompanhada de uma jovem extraterrestre, tão alta quanto Rugebom. Pedro retribuiu o sorriso meio tímido e percebeu que Rugebom também olhava para a outra jovem. Ela também era muito bonita, de cabelos muito curtos e escuros. Seus olhos azuis eram realçados por longas e negras pestanas. Rugebom respirou fundo e aprumou o corpo.

— E então, Arfat? Pronto para mais um passeio? — perguntou, já se encaminhando de volta à nave.

— Rugebom, dá pra me explicar umas coisas?

— Claro, Arfat, estou aqui para isso mesmo. O que quer saber?

Pedro tinha muitas perguntas e as despejou de um só fôlego.

— O que é essa história de Medjai? Quem eram aqueles dois que se disseram meus pais? E essa tatuagem? — falou, mostrando o pulso. — Quer dizer o quê?

— Acho que isso você já sabe. É o olho de Horus. Está aí desde que você nasceu. Para protegê-lo.

— Mas me proteger de quê?

Rugebom estacou o passo e, muito sério, explicou:

— De quem. De seres muito perigosos. Os mintakianos.

— O quê? Quem são eles? E por que iriam querer me fazer mal?

— Não estou entendendo, Arfat, você já recebeu todas essas explicações no primeiro encontro, na nave-mãe, não compreendo porque esqueceu. Talvez seja melhor eu não falar mais nada, talvez deva ser para você esquecer mesmo, por enquanto.

— *Pelamordedeus*! — desesperou-se — Não aguento mais de curiosidade. Passei muito tempo sem saber quem eu realmente era e imaginando o que teria acontecido aos meus pais. Me diz alguma coisa, por favor.

— Está bem, mas não sei se devia...

Pedro inspirou profundamente e prendeu a respiração por alguns segundos.

— Você nasceu há treze anos no planeta Alnitak. Por motivos que acho melhor não te lembrar agora, seus pais, o comandante Shenan e a navegadora Shannyn, tiveram que deixá-lo aqui, naquela instituição de caridade, o abrigo *Casa da Esperança*, você tinha um ano e dois dias de nascido. Os terráqueos o receberam e o registraram como filho de pais desconhecidos, nascido no dia em que o encontraram, por isso você achar que fez doze anos ao invés de treze.

Tudo começou a fazer sentido na cabeça de Pedro. A luz da lua os iluminava por entre os galhos de uma árvore, e ele sentiu um alento sobre todo o seu corpo. Era como se tivesse estado adormecido todos aqueles anos no abrigo e acordasse agora, de repente.

— Então eles não me abandonaram? — perguntou, já imaginando a resposta.

— Não, Arfat. Eles o amam muito. Tiveram um motivo muito forte para deixá-lo aqui. Mas isso não aconteceu somente com você. Exatamente sessenta e quatro, incluindo você, passaram pela mesma experiência e, hoje, são conhecidos como os Medjais.

— Mas Medjais pra quê? Por quê?

— São os Medjais para a transição, para fazer a unificação dos povos terrenos e extraterrenos.

— Transição? Já ouvi essa palavra antes na nave e aqui na palestra. O que significa?

— Mudanças, modificações. Mas já está ficando tarde, melhor irmos agora ou não teremos tempo de darmos o nosso passeio.

Rugebom apressou o passo em direção à nave. Pedro tratou de alcançá-lo.

— Espere Rugebom. E o Olho? Você disse que ele está aqui desde que nasci, mas ele só apareceu naquele dia em que reencontrei meus pais. Como explica isso?

Rugebom parou novamente, resignado.

— O Olho, na verdade, é uma placa de um metal muito especial em nosso planeta. Chama-se eigon, algo como o seu ouro. Ele possui ainda algumas propriedades especiais que o tornam um poderoso amuleto de proteção. Um pouco antes de os Medjais serem deixados aqui, a placa foi colocada em seus pulsos por um processo cirúrgico sem cortes, difícil de explicar agora. Foram colocadas de maneira tal que se mantiveram escondidas sob a pele para não chamar a atenção dos mintakianos, que facilmente os identificariam. Não gosto nem de pensar o que seria dos Medjais, ainda tão pequenos e indefesos.

Após um momento de reflexão, continuou:

— Por isso, só agora, através de um processo muito simples, com o uso de um equipamento especial, é que fizemos aparecer o olho de Horus. Assim exposto, ele adquire mais força como proteção contra os mintakianos e os ajudará na identificação uns dos outros, pois não há como falsificá-la. Note que é estufada sob a epiderme. O equipamento de que lhe falei faz uma sucção na pele, que faz com que a placa de eigon se sobreponha às camadas mais profundas e apareça. Fui eu mesmo quem levou sua mão até ela. Sabia que, no Antigo Egito, nosso povo usava apenas o símbolo, por falta do metal? É, estamos vivendo na Terra há muito tempo, Arfat — completou, percebendo que Pedro se espantara com a menção do país africano, terra dos faraós.

O garoto não sabia o que dizer, estava de queixo caído. Então estavam ali há muito tempo? Por isso fala-se tanto em discos voadores? E ele, que nunca acreditou nisso... Rugebom pareceu ler seus pensamentos.

— Arfat, nem todas as histórias que dizem por aí sobre naves espaciais, ou discos voadores, como vocês as chamam, são verdade. Faz tempo que estamos aqui, aprendendo, estudando e ajudando esse povo tão sofrido. Sempre fazendo o possível para não assustá-los, já que ainda não podem compreender que possa existir um povo mais evoluído do que eles, que querem auxiliá-los em sua evolução, sem querer nada em troca. Estamos aqui em missão, a Missão Terra. Salvo algumas raras exceções, evitamos o contato com pessoas despreparadas e equipamos nossas naves com dispositivos de invisibilidade, para não gerar pânico. Mas dias virão em que nossas naves poderão desativar esses dispositivos, e todos as verão. Serão dias maravilhosos, em que estaremos todos unidos, como um só povo.

Pedro calou-se, pensativo.

— Abra! — disse Rugebom à nave ao se aproximar. A lateral então se abriu, transformando-se em uma escada pela qual os dois subiram.

Os dois entraram e se ajeitaram nos assentos. Já fora da Floresta Amazônica, tendo ao redor algumas dezenas de naves planando enquanto outras desapareciam no espaço, Pedro insistiu:

— Rugebom, não quero ser chato, mas ainda tenho algumas perguntas a fazer.

— Pode fazer, mas não garanto que saberei ou poderei respondê-las.

— Por que tenho a sensação de que já te conhecia?

— Porque entre nós o que existe é uma enorme sintonia por sermos ligados por laços muito antigos, consanguíneos. Por isso, fui Medjai como seu guardião.

— Consanguíneos? Quer dizer... do mesmo sangue? Nós somos parentes?

— Sim. Da mesma linhagem.

— Tipo um primo ou algo assim? — Pedro estava entusiasmado. — Mas por que não me pareço com você?

— Para protegê-lo, seus pais tiveram que recorrer a um processo muito antigo de transfiguração. Todos os Medjais passaram pelo mesmo processo. Não fazíamos mais uso dessa habilidade desde que nosso povo evoluiu e se tornou um povo de paz. Os mintakianos o usam com frequência.

— Como assim?

— Foi um processo muito complicado, e é difícil de explicar devido a falta de palavras específicas na sua língua terrena. Até para nós foi um processo complicado. A pior parte foram os olhos. Através de nossas pesquisas, descobrimos que não seria comum um menino moreno de olhos azuis. Chamaria muita atenção, e isso era a última coisa que eles queriam. Então, foi colocado em você uma espécie de lente de contato. Falo assim para que você entenda, porque na verdade é uma membrana tão delicada quanto o próprio tecido ocular, algo como aquela membrana que recobre os olhos dos peixes, a nictitante, já ouviu falar?

— Sei lá, talvez na aula de Ciências. É muito esquisito... Mas me explica outra coisa. Eu estou ou não estou sonhando? Numa hora, estou dormindo, noutra estou aqui numa nave espacial. Nem dá pra acreditar.

— Claro que não é sonho! Você ficou confuso porque eu te tirei da cama ainda dormindo, para não assustá-lo.

— Mas você entrou no meu quarto e ninguém viu?

— Não foi preciso. Tenho meios de trazê-lo para fora, sem precisar tocá-lo.

Pedro nem quis saber como. Já estava confuso demais. Pelo menos agora tinha certeza de que não estava louco. Estavam no espaço agora, a Terra pequenina e azul sobressaindo-se diante de tantas estrelas brilhantes. Por alguns minutos, o silêncio foi total, e foi Pedro quem o quebrou.

— Rugebom... Quando é que vou ver meus pais novamente?

— Em breve. Agora não será possível, pois eles estão em missão de salvamento em Aldebaran, mas quando menos esperar terá notícias deles.

Pedro pareceu conformar-se e passou a apreciar a vista. Era maravilhoso observar o espaço de tão perto. Rugebom apertou uma tecla do painel de controle e a fina placa se retraiu, deixando a parte inferior da nave transparente. Pedro agora tinha a sensação de estar flutuando livremente pelo infinito. Foi interrompido em seus pensamentos por Rugebom.

— Pronto para o passeio?

— Já não estamos passeando?

— Sim, mas vou levá-lo para conhecer o mundo.

Dizendo isso, a nave se inclinou para frente, em direção a Terra, descendo em grande velocidade. Pedro só se apercebia disso porque o planeta ia crescendo mais e mais à sua frente, pois nada sentia ou ouvia que indicasse que a nave estivesse se locomovendo. Ao se aproximarem da terra, o suficiente para ver as construções e as pessoas, diminuíram a velocidade.

Aquele foi o passeio mais emocionante da vida de Pedro. Em apenas algumas horas, conheceu o mundo inteiro. Sobrevoaram Machupicchu, no Peru; viram a Estátua da Liberdade e a Casa Branca nos Estados Unidos; em Portugal, viram a Torre de Belém; em Paris, a Torre Eiffel e o Arco do Triunfo. Passaram também pela Itália, primeiro pelos campos muito verdes e suas plantações de uvas, depois sobre a Torre de Pizza. Pedro se perguntou como podia ser tão torta e ainda estar de pé; na Grécia, viram os imponentes templos e colunas antigas; viram ainda o Kremlin, na Rússia, e as ruas cobertas pela neve. Viram as muralhas da China; no Egito, sobrevoaram as três grandes pirâmides e a Esfinge, inacreditáveis de tão perfeitas... E foram retornando, até finalmente verem o Cristo Redentor que, para o garoto, pareceu ainda mais belo visto do alto.

Pedro nunca estivera tão feliz em sua vida, nem mesmo quando venceram o campeonato das Escolas Municipais, por 5 a 0 no último jogo, com todos os gols feitos por ele.

CAPÍTULO 4

O segredo de Alfredo e Malva

Foi com satisfação que Pedro se arrumou para ir à escola naquela manhã. Era a primeira semana de aula, e ele acordou se sentindo muito bem, ainda com a impressão da incrível viagem que tinha feito. Sentou-se ao lado de Júlio no ônibus da escola, como sempre, e foi logo lhe contando a aventura da noite anterior.

— Uau! E não tinha um lugarzinho pra mim, não? Da próxima vez, quero ir também.

Mauro era o garoto mais fofoqueiro do abrigo e, coincidentemente, estava sentado no banco da frente. Ao escutar o que Júlio tinha dito, se ajoelhou olhando para trás.

— Ir aonde, hein? Quero ir também — sua voz tinha um tom de inveja indisfarçável.

— Deixa de ser enxerido, Mauro. Não tem nada que te interesse aqui atrás — disse Júlio, indignado com a indiscrição do outro.

— Tudo bem, não precisam me contar, mas eu vou descobrir o que é que vocês estão tramando. Vocês vão ver.

E continuou ali, de joelhos, encarando os dois amigos com um sorrisinho de deboche no rosto, até a escola. O jeito foi deixarem a conversa para depois.

Os dois primeiros tempos de aula foram de Matemática, e o professor deu um teste surpresa tão difícil que deixou todo mundo com dor de cabeça de tanto fazer cálculos. Durante o treino de futebol, Pedro jogou muito mal, estava difícil se concentrar. Os garotos do outro time nem precisaram marcar suas jogadas e até aproveitaram sua distração para derrubá-lo algumas vezes quando o juiz Taturana não estava olhando. Numa dessas vezes, acabou indo ao chão com Guto, do time adversário. Guto caiu de cara no pulso direito de Pedro, onde estava o olho de Horus.

— Ih! O que é isso, mané? — debochou. — Coisinha de criança, é? Deu pra se tatuar agora? Arranjou onde? No chiclete "Bilu bilu" ou no pirulito "Nana neném"?

Pedro não gostava desse tal de Guto, um garoto corpulento e encrenqueiro, que gostava de jogar sujo pelo *Falcão*, outro time da escola e que, infelizmente, era da mesma turma que ele e Júlio. Pensou em milhares de respostas malcriadas para dar, mas por fim preferiu fingir que não escutou, para não levantar suspeitas.

Ao ouvir o apito de final de jogo, Guto passou correndo para o vestiário, quase levando o braço de Pedro junto. Mas não sem antes gritar:

— Sai da frente, mané!

Aquele foi um dia atarefado e, somente na hora do recreio, é que Pedro e Júlio puderam conversar melhor. Júlio contou ao amigo que conseguira com a professora um livro sobre o Egito Antigo, e os dois foram juntos à sala dos professores buscá-lo. Júlio estava tão interessado no assunto que nem se importou de perder a merenda. A professora Patrícia já os esperava com o livro na mão. Os dois agradeceram e foram procurar um lugar no pátio para sentar e folheá-lo. Júlio passou a mão sobre o livro para tirar a poeira. Na capa, se lia *O Egito e suas histórias* em letras douradas.

— Deixa ver... Pirâmides... Quéops... Cleópatra... Lendas e mitos... Deve ser por aqui... Deuses... Isis... Horus! Achei! Página 411.

Horus era filho do deus Osíris e da deusa-mãe Isis. Após uma grande traição em família, ele lutou contra seu tio Seth para vingar a morte de seu pai, assassinado pelo irmão. Venceu a luta, mas perdeu um olho que se despedaçou. Teve o olho reconstituído por outro deus, chamado Thoth, o qual também adicionou um pouco de magia para criar uma parte que estava perdida.

Esta parte correspondia a 1/64 (um sessenta e quatro avos) do Olho.

O olho de Horus foi pintado em Barcos e outros objetos que precisavam da proteção divina. Joias copiando o símbolo eram colocadas junto aos mortos e sua imagem também era pintada nos sarcófagos.

O olho de Horus significa ainda um hegat (um todo), e é formado por seis partes, que correspondem aos seis sentidos: tato, paladar, olfato, audição, visão e pensamento. A partir de 1200 a.C., foi também usado como sistema fracionário.

— E é só isso. Pouco, né? — falou Júlio.

— Pra mim, já está bom. O que mais você queria?

— Sei lá. Não sei nem o que estamos procurando, pra falar a verdade.

Júlio copiou parte do texto em um pedaço amassado de papel e o colocou no bolso. Em seguida, foram devolver o livro. Duas outras professoras liam revistas, enquanto Patrícia e outro professor corrigiam trabalhos. Com o livro entregue, os dois correram para o refeitório que praticamente não tinha mais fila. Ainda dava tempo de comer alguma coisa. Os dois se serviram rápido e sentaram-se em uma das mesas.

— Você viu, Pedro? Que absurdo! Estavam lendo revista de fofoca sobre gente famosa — disse Júlio, inconformado.

— E daí?

— Como e daí?! Elas podiam aproveitar o tempo livre pra ler um livro.

— Deixa disso, Júlio. Cada um lê, ou não lê, o que quiser — Pedro não podia entender o motivo de tanto drama.

— Você diz isso porque é um preguiçoso que não sabe o que está perdendo deixando de ler.

— Pois então você também é um preguiçoso que não sabe o que está perdendo deixando de jogar futebol — retrucou Pedro ofendido, enquanto enchia a boca de macarrão.

— Eu não gosto de futebol — finalizou Júlio, desdenhoso.

O sinal tocou. Os dois foram devagar, chateados, enquanto os outros alunos passavam correndo por eles. Pedro levou um esbarrão, e uma série de papéis caíram pelo chão. Ele abaixou-se para pegá-los ao mesmo tempo em que a pessoa que esbarrara nele se abaixava também. Os dois bateram a cabeça um no outro. Pedro se preparou para perguntar se a pessoa estava cega, mas parou desnorteado com os papéis na mão. Era uma menina de cabelo dourado, da cor do cabelo de milho. Ela pediu-lhe desculpas e parecia bem envergonhada. Pegou os papéis da mão de Pedro e correu desaparecendo escada acima.

— Que cara de bobo é essa, Pedro? Está apaixonado? — perguntou Júlio, zombeteiro.

— Quê?! Não! É que essa garota é a mesma do sonho. A loirinha de que te falei.

— Tem certeza? Acho que quando os papéis caíram, caiu um parafuso da sua cabeça também.

— Por quê? Não acredita em mim? Acha que inventei essa história toda de extraterrestre? Já não teve provas suficientes? — Pedro subiu a escada com passos fortes, deixando o amigo para trás. Júlio correu para alcançá-lo no meio da escada, justificando-se ofegante. Os outros alunos desapareciam pelo corredor.

— Não é isso, é claro que acredito. Mas não vê que seria muita coincidência ter outro Medjai aqui, pertinho de você? Estudando na mesmo escola? Acho muito bom pra ser verdade.

— Como é que é garotos? Não ouviram o sinal? — Era a professora Mônica que vinha subindo a escada carregada de potes de tinta e pincéis.

— Desculpe, professora, a gente se distraiu. Deixa que eu ajudo a senhora a carregar isso — Pedro pegou alguns potes e a ajudou a levar até a sala de aula.

— Obrigada, garotos, vocês são uns amores. Agora direto pra aula! Nada de conversa nos corredores.

— Pode deixar — respondeu Júlio, com um sorriso forçado no rosto.

Os dois entraram na sala, e a porta se fechou atrás deles.

Alguns dias depois, logo após o almoço, no abrigo, Pedro escutou sem querer uma conversa entre Alfredo e Malva que o deixou, no mínimo, intrigado. Estava andando pelo corredor, pensando na menina dos cabelos de milho, quando passou pela porta entreaberta do diretor. Malva falava alto.

— Você não pode deixar isso acontecer, Alfredo. O que será dos garotos?

— Ora, Malva, acha que quero isso? Estou lutando com todas as minhas forças, mas não sei mais o que fazer.

Pedro parou rente à porta para escutar melhor. Precisava descobrir o que ele e os outros garotos tinham a ver com aquela discussão.

— Pois trate de fazer alguma coisa! — continuou Malva. — Nunca confiei mesmo nesses estrangeiros. Onde já se viu, querer desativar o abrigo para transformá-lo em Shopping Center?

— Daremos um jeito, minha irmã. Estou fazendo uns contatos, vou pedir ajuda ao prefeito.

Pedro sentiu o chão afundar.

— O que faz aí, ouvindo atrás da porta, Pedro? — Era o Doutor Coutinho que vinha pelo corredor com as mãos cheias de caixas, sacudindo sua enorme barriga. Era um homem baixo e quase completamente careca.

— Nada não. Não estava ouvindo nada, só parei um pouco porque não me senti bem, parecia que o chão estava afundando. Até que não era uma mentira muito grande.

O Doutor Coutinho olhou para a porta entreaberta e nada viu ou ouviu, porque Alfredo e Malva já tinham terminado a conversa e entrado para outra sala.

— Então, venha comigo até a enfermaria. Quero examiná-lo.

Pedro não teve outro remédio senão acompanhá-lo.

— Espere aqui, Pedro. Irei lá dentro colocar essas caixas e já volto.

Pedro sentou-se em uma cadeira confortável enquanto Doutor Coutinho tirava uma chave do bolso e abria uma porta anexa à enfermaria. Colocou as caixas em cima da mesa e voltou, trancando novamente a porta e guardando a chave.

— E então, o que é que está sentindo?

— Nada não, já estou bom, foi só uma tonteira.

— Tonteira é sinal de fraqueza e cansaço. Irá descansar um pouco depois que eu examiná-lo. Sente-se na maca.

Souza, um jovem enfermeiro que trabalhava ali há alguns meses, vinha entrando assobiando quando viu Pedro.

— Meu amigo, que faz aqui? Está doente?

— Não, não é nada, foi só uma tonteira.

— Pegue o meu estetoscópio, Souza — pediu o Doutor Coutinho.

Pedro foi cuidadosamente examinado pelo médico que orientou o enfermeiro a ministrar-lhe uma dose de um remédio muito amargo e garantir que ele fizesse repouso pelo resto da tarde. Pedro tentou em vão explicar que tinha uma pesquisa a fazer, mas o médico se manteve irredutível. Na verdade, todos sabiam, que preocupava-se em se mostrar um funcionário exemplar para o diretor. Sabia que ele tinha conhecimento na prefeitura e acalentava a esperança de conseguir um emprego melhor. Somente no fim do dia, quando todos foram deitar, é que Pedro encontrou Júlio no dormitório. O burburinho dos outros garotos falando e se ajeitando para dormir, abafava a conversa dos dois.

— O que aconteceu com você? Estava doente? Me disseram que você passou o dia na enfermaria. Desculpe não ter ido te visitar, mas é que estava estudando e... — confessou, envergonhado. — nem senti sua falta até a hora da janta.

— É... Me fizeram comer na enfermaria mesmo.

— E o que é que você tem, afinal?

— Nada, isso é o de menos, foi um mal entendido — e, baixando o tom de voz, continuou — Você não vai acreditar no que eu ouvi a Dona Malva dizendo pro Seu Alfredo.

— O quê? — perguntou Júlio, ansioso.

— Vão transformar o abrigo em Shopping Center — falou de supetão. Era melhor dar a notícia ruim de uma vez.

— Como? Tem certeza?

— Foi o que ouvi.

— E o que vai acontecer com a gente? Pra onde vamos?

— Isso eles não disseram, eu também estou preocupado.

— Mas o que a gente vai fazer? Você ainda tem o Seu Alcino que, bem ou mal, de vez em quando ainda aparece pra te visitar, ou então vai embora com Rugebom. Mas e eu? Não tenho padrinho e, pelo que eu saiba, nunca ninguém se interessou em me adotar, ou melhor, só uma vez, quando eu era bebê, mas o casal me devolveu. Se não me adotaram quando era pequeno, imagine agora...

— Não se desespere Júlio, a gente vai dar um jeito.

O amigo tentava consolá-lo, mas Júlio parecia não escutar, estava mesmo muito triste. Ficaram sem assunto por alguns momentos, ambos mergulhados em pensamentos angustiados.

— Seu Alfredo e Dona Malva, hein? Quem diria... — Júlio quebrou o silêncio.

Alguns meninos já dormiam, e os dois amigos precisaram falar ainda mais baixo, temendo ser ouvidos. Se algum deles desconfiasse, entraria em pânico e só iria atrapalhar. Pedro sabia que ele e Júlio tinham que fazer alguma coisa.

— Bom... Pelo que eu entendi, não são eles que estão fazendo isso, Júlio. Eles também estão revoltados. Dona Malva estava até falando alto. Acho que estão fazendo o possível pra isso não acontecer.

— A gente tem que fazer alguma coisa pra que isso não aconteça — falou Júlio, decidido.

— É. Mas fazer o quê?

— Não sei, esperava que você me dissesse. Afinal, o Medjai é você.

Decididos a bancar os detetives, no dia seguinte, logo após a aula, foram direto à sala da direção. Pedro sabia que naquele horário não haveria ninguém lá.

— Tem certeza de que eles saíram?

— Tenho, Júlio, fica calmo. Em primeiro lugar, a gente tem que descobrir de que estrangeiros eles estavam falando.

— Mas... Como vamos fazer isso? Ai, meu Deus! A gente devia ter deixado isso pra lá. E se alguém nos pega? — Júlio suava frio.

— Vira essa boca pra lá! Não vai acontecer nada. Você fica de olho aqui fora que eu vou lá dentro dar uma olhada.

— Mas, e se te pegam?

— Deixa comigo, eu invento uma desculpa qualquer.

— Está bem, vou esperar aqui fora. Mas vê se vai rápido.

Júlio se encostou displicentemente ao lado da porta apoiando um pé na parede. Tentou demonstrar naturalidade, mas isso se torna difícil quando suas pernas não param de tremer. Pedro entrou sorrateiro pela sala da direção. Tudo calmo, o local estava vazio. Foi direto para a mesa de Alfredo, deu uma olhada rápida nos papéis que estavam sobre ela e não encontrou nada. Ficou decepcionado.

Deu então uma olhada sobre a organizadíssima mesa de Malva e também não encontrou nada. As gavetas estavam trancadas. Foi aí que se deu conta de que eles não deixariam nada à vista, devia estar bem escondido, fosse o que fosse que estivesse procurando. Tentou abrir a outra porta que havia na sala, estava trancada. Tentou forçar a maçaneta, virando-a de um lado para o outro repetidamente. Júlio colocou a cabeça para dentro da sala.

— Está louco? Quer que peguem a gente aqui? Pare de fazer barulho!

— Desculpe... — sussurrou Pedro, envergonhado.

Pedro, já meio desanimado, parou no meio da sala olhando ao redor e pensando no que iria fazer quando viu um molho de chaves sobre a mesa de Alfredo. Estava dentro de um porta-lápis, com o chaveiro pendurado para o lado de fora. Só podia estar ali. TINHA que estar ali. Correu ansioso para pegá-las e quase tropeçou no tapete. Eram muitas chaves parecidas e iria demorar uma eternidade para descobrir qual era. Começou a testar as chaves uma por uma.

Júlio já estava cansado de esperar. Já tinha se livrado de dois garotos curiosos que passaram perguntando o que fazia ali parado, sozinho no corredor. Respondeu que nada e os mandou embora. Deu a eles a impressão de estar mal-humorado quando na verdade estava apavorado.

— Pedro, como é que é? Não temos o dia todo! — falou Júlio de repente, enfiando mais uma vez a cabeça pela porta entreaberta.

O garoto levou um susto enorme e deixou as chaves caírem. Olhou então para Júlio com uma cara muito feia. Júlio se encolheu e voltou à sua posição.

Pedro teve que recomeçar tudo. Nenhuma chave parecia querer abrir a porta. O que haveria na outra sala? Por que motivo trancariam a porta, se ninguém ousava entrar ali, quanto menos mexer em alguma coisa do diretor? O que estariam escondendo? Mas se deu conta de que tinham motivos de sobra para trancar até mesmo as duas portas. Afinal, ele não estava ali, sem ser convidado?

Experimentou todas as chaves, agora só faltava uma. Só poderia ser essa. Seu coração bateu descompassado. Enfiou a chave na fechadura e, quando ia virá-la, escutou uma batida forte na porta do corredor, onde estava Júlio. Correu para se esconder embaixo da mesa de Alfredo, tendo o cuidado de segurar a última chave separadamente. Ouviu outra batida.

Júlio tinha puxado a porta com o pé quando viu Jonas, o zelador, entrar pela porta da frente do abrigo e caminhar em sua direção. Ficou ali, parado, sem saber o que fazer. Se corresse, levantaria suspeitas. Teve a feliz ideia de fingir que amarrava o tênis e se abaixou. Não sem antes dar um soco na porta para garantir que Pedro tinha escutado. De cabeça baixa, torcia para que Jonas passasse direto. Mas Jonas não passou.

— O que está fazendo aí, Júlio?

É claro que Jonas não teria suspeitado de nada e teria continuado seu caminho calmamente se Júlio não tivesse uma atitude tão suspeita. Primeiro enfiou o pé na porta do diretor, fazendo com que ela batesse, depois o encarou com os olhos arregalados, por fim se abaixou para mexer no tênis e deu um soco na porta.

Júlio gaguejou, gaguejou e não disse nada. Jonas, desconfiado, lhe fez sinal para que levantasse e abriu a porta da sala da direção. Júlio suou frio. Mas não havia ninguém ali. Pedro, ao ouvir a voz de Jonas, tomou coragem e, sem pensar duas vezes, correu para a outra porta, abrindo e fechando-a rapidamente com a chave que tinha separado. Em poucos segundos, estava lá dentro.

Jonas deu uma olhada em toda a sala e experimentou a maçaneta da outra porta, que estava trancada. Virou-se para Júlio, e ele estava com o rosto molhado de suor.

— O que está acontecendo aqui, Júlio? Tem alguma coisa pra me contar?

— Eu não. Tudo na mais perfeita ordem.

— O que estava fazendo ali no corredor, encostado na parede?

— Nada, estava esperando o Seu Alfredo, queria falar com ele.

Jonas, muito desconfiado, insistiu:

— Falar sobre o quê?

— É que estou com dificuldades em matemática e queria pedir uma ajudinha a ele — Júlio pensou bem rápido.

— Por que não falou com uma das voluntárias das aulas de reforço?

— Por que elas não sabem nada de matemática. Prefiro o Seu Alfredo.

Jonas agora acreditava, e o que era pior, resolveu ajudá-lo.

— Então você deu sorte, Seu Alfredo já chegou, está no refeitório.

— Ah, é? Obrigado, vou falar com ele agora mesmo — Júlio virava-se para fugir.

— Vou com você, tenho que dar uma palavrinha com a Mariana e vou aproveitar pra fazer um lanchinho — Jonas corou levemente ao dizer o nome da cozinheira.

— Mas antes tenho que passar no dormitório pra pegar o meu material — disse Júlio desesperado, procurando uma forma de escapar.

— Não, senhor! Vamos juntos pro refeitório. Quero ter certeza de que vai estudar mesmo. E quanto ao material, é bobagem. Quem lhe garante que Seu Alfredo poderá lhe dar aulas agora? Talvez só marque um horário.

— Deus te ouça... — falou Júlio baixinho, torcendo para que Alfredo o dispensasse.

E desapareceram os dois pelo corredor.

Pedro estava do outro lado da porta, com o ouvido colado a ela, para ter certeza de que estava tudo bem. Somente quando escutou os dois saírem da sala e fecharem a outra porta é que olhou ao redor. Estava meio escuro por ali. Deixou assim, não queria arriscar acender alguma luz e ser visto.

Era um escritório muito parecido com o outro, só que com apenas uma mesa e muitos armários em toda a volta. Sobre a mesa havia um computador. Olhou para ele curioso, estava ligado. Em letras garrafais que mudavam de cor, passando por azul, lilás e roxo para recomeçar do azul, estava escrito o nome do abrigo, *Casa da Esperança*. As letras dançavam na tela e se embaralhavam para de novo formar a frase.

Pedro ficou fascinado com aquilo, nunca tinha visto um computador de perto. Alfredo tinha dito que teriam aula naquele ano, mas até ali não tinham começado. Sem querer, esbarrou no teclado e a frase desapareceu da tela. Pensou que agora é que estava mesmo encrencado. Mas, no lugar da frase, apareceu algo muito mais interessante. Sua fotografia. E abaixo dela estava escrito:

> **Nome do menor:** Pedro Nascimento.
>
> **Pais:** desconhecidos.
>
> **Data de chegada:** 07/01/2009 às 2 horas da manhã.
>
> **Situação:** Deixado em uma caixa de papelão, no batente da porta principal. O zelador, Sr. Amaury da Silva, afirma não ter visto ninguém passar pelo portão embora a campainha da casa tenha sido acionada diversas vezes. Tinha um cordão de ouro no pescoço e usava apenas uma manta azul. Não tinha roupas. Também não tinha identificação. Nome escolhido por Malva Albuquerque, subdiretora.

O que seria aquilo? Ia começar a ler de novo, quando o texto desapareceu dando novamente lugar à frase CASA DA ESPERANÇA, desmanchando-se na tela. Pedro ainda ficou confuso por alguns segundos, mas logo se lembrou do que tinha ido fazer ali. Não tinha muito tempo. Logo alguém entraria na sala e seria difícil explicar o que fazia ali. Não precisou procurar muito. Já na primeira gaveta que abriu, estava um papel onde se lia:

Leitura da mensagem 34 Mover mensagem para a pasta:

Data: terça 02 jan 2021 08:45:03

De: S&J Advogados<sjadvog@lawyers.com.br> (guardar endereço)

Para: Alfredo Albuquerque <albuquerque@charity.com.br>

Assunto: Processo indeferido.

Prezado Sr. Alfredo,

Venho por meio desta informar-lhe de que, infelizmente, foi indeferido nosso pedido de posse legal do abrigo.

O senhor deverá deixar o abrigo imediatamente tão logo receba a ordem de despejo, a qual conseguimos prorrogar a expedição em prol do ano letivo. No entanto, não poderá haver mais nenhum menor no local a partir do dia 26/11/2021; o abrigo deverá estar totalmente livre. A demolição será imediata.

Tentamos ainda um acordo, em última instância, com os herdeiros do Sr. Michael Geller, mas eles foram irredutíveis.

Sem mais no momento,

S & J advogados.

Brasília, 02/01/2021.

Pedro, assustado e confuso, esbarrou no computador fazendo com que sua foto aparecesse novamente. Guardou então o papel do advogado, fechou a gaveta e tratou de sair dali rapidamente. Trancou a porta, colocou o molho de chaves no lugar e encostou o ouvido na porta de saída para ter certeza de que o caminho estava livre. Já imaginava que Júlio não estaria mais ali. Abriu a porta cuidadosamente e meteu a cabeça para fora, certificando-se de que não havia ninguém no corredor. Com um grande suspiro aliviado, caminhou decidido.

Não andou nem dois metros e ouviu passos vindo em direção contrária. Correu então para dentro do banheiro e se fechou em um dos reservados. Malva vinha a passos arrastados pelo corredor. Entrou na sala e, com uma chave que trazia no bolso da saia, abriu o segundo escritório. Em um relance, viu a ficha de Pedro no computador, que no instante seguinte já mostrava o nome do abrigo novamente. Pedro não esperou muito no banheiro. Assim que ouviu a porta se fechando atrás de Malva, saiu dali correndo para encontrar Júlio. Atrás dele, sem que percebesse, uma silhueta humana era refletida no espelho sobre a pia.

CAPÍTULO 5

Ayma:
Cidade subterrânea

Pedro não conseguiu encontrar Júlio em parte alguma. Somente na hora do jantar é que o amigo apareceu no refeitório, muito chateado e com a cara amarrada. Nem respondeu ao Thiago, que o cumprimentou na entrada. Juntou-se a Pedro na fila para pegar a comida, ainda de cara feia.

— O que foi Júlio? Onde é que você se meteu? Te procurei por toda parte. Você não faz ideia do que eu descobri e...

— Quem não faz ideia do que eu passei, por sua causa, é você — disse Júlio, aborrecido.

— Minha causa?! Pensei que o problema fosse de todos.

— Tudo bem. Estou um pouco nervoso com o que aconteceu. Desculpe — disse, com dificuldade.

— Boa noite, queridos. Com muita fome hoje? — Mariana, com sua doce voz, oferecia o jantar.

— Eu estou morto de fome! — respondeu Júlio, de olho nas panelas, por cima do balcão.

— Pra mim coloca pouco, Mariana, por favor — Pedro tinha perdido totalmente o apetite.

Os dois sentaram-se à mesa de sempre e ainda não foi desta vez que conseguiram conversar. Mauro, o garoto do ônibus, sentou bem à frente deles e não parava de encará-los.

— E então? O que contam de novo? — perguntou com sua voz esganiçada.

Nem Pedro nem Júlio se deram ao trabalho de responder. Já estavam cansados das fofocas de Mauro e de seu jeito intrometido.

— Como é que é, garotos? Vão me dizer que não tem nada novo pra me contar?

— Nada que te interesse, Mauro. Deixa de ser enxerido — respondeu Júlio, no tom mais desprezível possível.

Desta vez, Mauro pareceu perceber que não estava agradando e passou a perturbar outro garoto ao lado. Após o jantar, enquanto todos iam para a cama, Pedro e Júlio correram para o salão de jogos.

— O que aconteceu com você? Pra onde Jonas te levou? — começou Pedro, empurrando Júlio para dentro e esquecendo-se de fechar a porta.

— Passei a tarde inteira estudando matemática — respondeu Júlio, com um muxoxo.

— Você? O Nerd? Não acredito! — Pedro estava se divertindo.

— Quando cheguei ao refeitório escoltado pelo Jonas, ele foi logo contando ao Seu Alfredo que eu estava precisando de umas aulas. Tentei fugir, disse que estava morto de fome, que preferia estudar depois, mas ele disse que não tinha nada ainda para comer, que a Mariana tinha saído pra resolver uns problemas. Não tive escapatória, tive que rever toda a matéria deste ano.

— Deixa de ser exagerado!

— Sério! Ele se empolgou tanto com a explicação que falou por umas três horas direto. Estou acabado... — dizendo isso, se jogou de braços abertos em uma poltrona no canto da sala, soltando um enorme suspiro. Pedro sentou-se em outra poltrona, à sua frente.

— E então? Desembucha logo. O que descobriu? — perguntou Júlio.

— Não sei bem, mas acho que mais do que gostaria.

— Como assim? O que encontrou? — Júlio se endireitou na poltrona, dobrando o corpo para a frente.

— Acho que a outra sala é um escritório a parte, onde ficam nossas fichas, com toda a nossa história.

— Que história? Não temos nada de interessante pra contar, só que estamos aqui desde que nos entendemos por gente. Ops! Desculpa, não quis ofender quando te chamei de gente — brincou Júlio.

— Não achei graça.

— Foi mal. Mas me fala, você viu a minha ficha? O que estava escrito?

— Não, não vi a sua ficha. Vi a minha. Estava no computador.

— E desde quando você entende de computador?

— Não entendo, mas sei ler. Esbarrei, sem querer, em alguma coisa e minha foto apareceu. Tinha tudo sobre minha chegada aqui e o estranho é que dizia que eu tinha um cordão de ouro no pescoço e eu nunca vi este cordão.

— Será que Dona Malva não pegou? — perguntou Júlio desconfiado, lembrando-se do cordão que Malva usava e vivia torcendo entre os dedos.

— Você acha isso possível? Ela seria capaz de roubar um cordão? Mas por quê?

— Não digo roubar, mas talvez... pegar emprestado. Você não pode usá-lo aqui e não tinha como saber de sua existência, a não ser que eles te contassem, e isso só aconteceria se você fosse adotado e saísse daqui o que, convenhamos, é muito difícil de acontecer.

— Mas ela não me disse nada nem quando Seu Alcino vinha me buscar pra passar os fins de semana com ele, eu poderia ter usado o cordão nesses passeios.

— Ainda assim, acho que deve ser este mesmo o que ela sempre usa. Onde mais estaria?

— Vai ver que guardaram pra mim.

— É, pode ser, mas acho que não — concluiu Júlio.

— Também encontrei uma carta de um advogado, dizendo que perderam o processo e que o abrigo será demolido e deverá estar completamente vazio antes de terminar o ano.

Júlio pulou na poltrona como pipoca.

— O quê?! E estão todos calmos? Ninguém faz nada? Que absurdo!

— Pelo que entendi, eles lutaram contra isso, mas perderam.

— E o que vamos fazer, Pedro?

— Não sei, Júlio, mas temos que fazer alguma coisa, senão só Deus sabe o que será de nós.

Os meninos foram dormir preocupados naquela noite. Para completar, o dia seguinte, na escola, não foi nada agradável. Na hora do recreio, Pedro assistia Júlio devorar uma banana quando Guto se aproximou decidido a perturbá-lo.

— Fala aí, perna-de-pau. Descobri porque você é tão ruim no futebol. É fome! — e caiu na gargalhada antes de continuar. — O gorducho devora toda a comida do abrigo e não sobra nada pra você.

Pedro teve vontade de pular no pescoço de Guto, mas se conteve.

— Vai procurar a sua turma, Guto.

— Tá me desafiando, moleque?

Pedro olhou furioso para o garoto e se levantou devagar. Mas não teve chance de retrucar, pois o professor Elio chegava com uma revista na mão.

— Oi, garotos. Eu trouxe a revista de Ciências que você me pediu, Júlio. Tem um artigo interessantíssimo sobre a célula.

O professor ficou por ali o resto do recreio, conversando animado com Júlio. Pedro não tirou os olhos de Guto enquanto ele se afastava frustrado por não ter conseguido começar uma briga. Sua atividade preferida.

Como Júlio previra, Rugebom não demorou a aparecer. Algumas noites depois da conversa no salão de jogos Pedro foi parar mais uma vez sobre o telhado do abrigo. Rugebom estava ao seu lado.

— Oi, Rugebom! — Pedro o saudou sorridente. — O que acha de entrar um pouco? Quero que conheça meu amigo Júlio.

— Já o conheço, Arfat. Mais do que você pode imaginar. Infelizmente não tenho tempo nem permissão de conversar com seus amigos.

— O que você quer dizer com "já o conheço"? — perguntou Pedro, perplexo. — Não vai me dizer que ele também é um dos Medjais?

— Não. Posso lhe garantir que não.

Rugebom fez sinal para que olhasse para cima e Pedro viu a pequena nave, tão conhecida. Rugebom ordenou:

— Transporte!

E num piscar de olhos estavam dentro da nave em movimento. Pedro não insistiu para saber mais sobre Júlio. Já conhecia Rugebom o suficiente para saber que não conseguiria fazê-lo falar se ele não quisesse.

— Partiremos agora para sua primeira missão.

— Missão?! Que missão?

— Não sou a melhor pessoa para te explicar. Um grande amigo precisa de sua ajuda. Ou melhor, o planeta precisa de sua ajuda, Arfat.

Por mais que Pedro tentasse tirar algo mais de Rugebom, ele ficou calado o resto da viagem. Às vezes, o guardião o enlouquecia com o seu jeito misterioso. Mas, sem alternativas, Pedro resolveu esperar. Embora sentisse uma certa vertigem pelo mistério que cercava a tal missão, não podia negar que se sentia feliz.

A nave subiu ainda mais, saindo da atmosfera terrestre e levando-os em direção ao infinito. Para Pedro, aquela era a melhor sensação do mundo, de liberdade total. Lentamente, foram retornando ao planeta e chegaram a um local onde a vegetação era muito fechada. Como da outra vez, a mata se abriu deixando à mostra uma clareira onde Rugebom deixou sua nave. Caminharam por alguns minutos até uma gruta onde um ser pequenino e esverdeado, usando um grande colete, dois números acima do que deveria, e um chapéu de pontas tortas pareceu reconhecer Rugebom e o deixou passar sem problemas.

— O que era aquilo, Rugebom? — perguntou Pedro com uma careta. Nunca tinha visto criatura mais feia.

— Aquele era Etros, o guardião da entrada, um ser da natureza que protege a floresta e ajuda os seres interplanetários em sua missão.

Pedro achou muito estranho, mas era melhor não perguntar mais nada. A gruta estava encravada em uma grande montanha e seu interior era revestido de pedras preciosas de todas as cores. Caminharam alguns minutos, e ela ia se modificando ao longo do caminho, a princípio, muito clara e seca, depois escura e úmida. Ouvia-se, ao fundo, um som de água corrente.

O caminho se tornou de descida e pareceu a Pedro que eles desceram por pelo menos uma hora, pois seus pés já estavam começando a doer. Rugebom caminhava em silêncio e parecia muito atento. Pedro temia que alguma criatura nojenta pulasse sobre ele a qualquer momento e caminhava também em silêncio atrás do guardião, mas tão próximo, que tropeçara nele umas duas vezes. A gruta não era completamente escura, as pedras preciosas encravadas nas paredes e no teto, refletiam uma luz difusa, que misturadas ganhavam um tom de roxo.

A paisagem foi se modificando; agora as paredes de toda gruta, assim como o teto e o chão, eram de barro, muito vermelho e úmido. Nem se parecia mais com uma gruta e sim com um túnel muito longo. Ao ver uma luz, Rugebom apertou o passo em sua direção. Havia uma grande pedra fechando em parte a saída da gruta e eles tiveram que se desviar para contorná-la.

Estavam no alto de uma montanha de onde se via uma estranha e belíssima cidade. No lugar do céu, um teto de barro vermelho que dava a entender que a cidade se encontrava embaixo da terra. Era muito bem iluminada por uma luz alaranjada que vinha de um imenso cristal, ao centro. O chão era salpicado por pedras preciosas de cores e formas diferentes. Estranhos meios de transporte, que lembraram a Pedro fuscas sem rodas, flutuavam por toda parte num trânsito organizado.

Boquiaberto com tudo o que via, Pedro teve que apertar o passo para acompanhar Rugebom que já estava bem à frente, descendo pela estrada íngreme que rodeava a montanha. Chegaram a uma construção de formas arredondadas onde um homem os recebeu à porta. Pedro reparou que ele não tinha cabelos nem sobrancelhas. Sua pele era avermelhada e seus olhos eram grandes e azuis como os de Rugebom.

— Como vai, amigo? — cumprimentou o homem, dando um forte abraço em Rugebom. — E você, meu caro Arfat? Já os esperávamos. Acompanhem-me, por favor.

Os dois o seguiram para dentro do que parecia ser um teatro lotado. O público era uma mistura de humanos, extraterrestres e alguns poucos avermelhados. Os dois acomodaram-se no alto das arquibancadas e permaneceram calados. Pedro, embora morto de curiosidade, nada perguntou. Havia ali um silêncio quase sagrado, e ele não queria ser o primeiro a quebrá-lo.

Todos observavam uma grande tela ao centro. As luzes foram diminuindo de intensidade, deixando o teatro na penumbra. A tela se iluminou e começou a mostrar a imagem do sol, que foi aproximada até se ver suas explosões de luz e cores. Aos poucos, essas imagens deram lugar aos planetas do sistema solar, a outros planetas e a outras constelações. As imagens eram belíssimas e Pedro estava muito impressionado e maravilhado com tudo. Depois, as imagens foram retornando até surgir o planeta Terra que se aproximava mais e mais até ser possível reconhecer os continentes, os países, as cidades e, finalmente, o povo.

Como num filme, muitas cenas foram mostradas. Pessoas comuns foram vistas em seus afazeres, assim como muitos dos grandes chefes de Estado do planeta. Cenas do cotidiano foram se sucedendo e nem mesmo os grandes crimes contra o planeta foram omitidos. As queimadas, os desmatamentos, a caça predatória, a poluição do ar e das águas e, até mesmo, os terríveis testes nucleares. Também foram mostradas as lutas armadas que estavam acontecendo naquele momento, com milhares e milhares de pessoas sendo massacradas. O sofrimento do povo, a miséria, a fome, nada passou despercebido.

Todos, sem exceção, estavam muito emocionados com o que viam. Ao fim da exibição, quando já estavam menos tensos e passaram a conversar entre si, Pedro perguntou:

— Rugebom, o que a gente veio fazer aqui? Por que vimos este filme?

— Isso, Arfat, é um Observatório. Daqui podemos ver tudo o que acontece na Terra. E, através destas informações, este digníssimo povo toma partido na missão de salvamento do planeta e de seu povo.

— Como assim? Eles podem nos observar? Mas como?

— Através de pequenas naves espalhadas por toda a superfície, que captam essas imagens, trazendo-as até aqui para estudo.

— Mas quem são eles? Também vieram de Alnitak? Eles são diferentes.

Rugebom não chegou a responder, pois o homem que os recebera na entrada estava de pé ao seu lado.

— Olá, Nephos. Arfat já me faz milhares de perguntas. Não quer se juntar a nós e me ajudar a respondê-las?

— Mas é claro! Pois é para isso que estou aqui — disse sentando-se ao lado deles. — O que quer saber, Arfat? — perguntou virando-se para Pedro.

— Como sabe quem eu sou?

— Tomamos conhecimento dos Medjais há muito tempo atrás, através do comandante Shenan, da Frota Estelar de Orion.

— M... meu pai?

— Sim, Arfat, seu pai — disse em meio a um sorriso. — Já sabíamos que vocês viriam nos visitar. É chegada a hora de nos unirmos como um só povo.

— Vocês são de Alnitak?

— Não. Viemos de Alnilam, também no Cinturão de Orion, e por termos vivido nos subterrâneos por muito tempo é que escolhemos este local para viver.

Pedro tinha muitas perguntas a fazer, embora não soubesse por onde começar. Adivinhando seu pensamento, Nephos falou:

— Não se preocupe, Arfat. Tudo se esclarecerá. Tentarei tirar-lhe todas as dúvidas possíveis. Não tenha receio de perguntar, está aqui para aprender. Mas antes, que tal um passeio? Conhecerá mais dos costumes do meu povo vendo-os de perto.

Pedro confirmou com a cabeça e acompanhou Nephos e Rugebom até à rua. Pelo caminho, pensava em como era incrível tudo aquilo. Nunca tinha ouvido falar em uma cidade subterrânea e estava muito curioso em conhecer tudo. Foi quando se deu conta de que tinha esquecido de perguntar o nome da cidade. Obviamente lendo seus pensamentos, Nephos respondeu:

— Você está em Ayma, cidade subterrânea, em que vivemos há séculos estudando os costumes do povo terreno e todas as suas dores. Viemos também em missão, assim como vocês de Alnitak. A Missão Terra. Estamos aqui para ajudar. Nosso trabalho é o de supervisionar e policiar a crosta terrestre, impedindo que o homem, na sua ganância e insensatez, destrua o planeta.

Pedro só conseguia pensar na capacidade que Nephos tinha de ler seus pensamentos. Teria que ter cuidado dali em diante. E se alguma bobagem lhe viesse à mente? E se ele alcançasse também seus pensamentos mais íntimos? Tentou esquecer a menina loira, mas foi difícil. Quanto mais tentava não pensar, mais pensava. Lutando com todas as forças, começou a imaginar uma partida de futebol, o que também era difícil. O rosto da menina aparecia sempre em sua mente. Tentou então pensar em algo bem desagradável. Como o Guto, por exemplo.

Foi imediato. A simples lembrança de Guto tinha o poder de afastar qualquer pensamento agradável. Olhou para Nephos e ele sorria, balançando de leve a cabeça. Pedro corou, mas Nephos não disse nada. Chegaram a uma lanchonete igual às que havia na crosta terrestre ou muito similar, porque havia algumas pequenas diferenças. Era toda circular e as paredes eram transparentes, mas não pareciam ser de vidro, era algo como uma cortina de água corrente, mas completamente límpida e nítida. As mesas eram prateadas, com o tampo de pedra azul cintilante, provavelmente alguma pedra preciosa, já que por ali as usavam muito. Não viu sinal de comida conhecida. Nos inúmeros cartazes, colados nas paredes, havia fotos de pequenas embalagens coloridas.

Em um deles estava escrito:

Vitaminas:

A, B, C, D, E. Temos todas, é só escolher!

Em outro:

Complexo vitamínico: tenha sempre em mãos.

Em outro:

Fósforo. Para você não esquecer seus compromissos.

Eram muitos, cada qual com uma substância e sua importância. Achou estranho. Olhou então para Rugebom com cara de espanto esperando uma resposta, mas foi Nephos quem falou:

— Há muito não necessitamos do alimento como você o conhece. Já ultrapassamos a etapa de comer com os olhos. O alimento para nós não é mais do que o ato de suprir as necessidades do organismo. Nossa alimentação é sintética, preparada em laboratório e distribuída igualmente entre todos. Este local em que estamos não é como os locais em que se comercializam comida na superfície do planeta. Isto é um posto de abastecimento alimentar, isto é, para aqueles que estão fora de casa, trabalhando, estudando ou simplesmente passeando. Nada é cobrado — e parecendo não ter percebido a cara de espanto e de admiração de Pedro, Nephos continuou: — Quer experimentar um suco energético?

— Claro! — respondeu Pedro. Estava começando a pensar que ninguém lhe perguntaria isso.

Nephos se dirigiu ao homem atrás do balcão e, em menos de um minuto, ele lhe entregava um copo com um líquido alaranjado e borbulhante. Pedro dirigiu a Nephos um olhar de desconfiança. Não tinha uma boa experiência com remédios, todos os que já havia tomado tinham, sem exceção, um gosto péssimo.

— Pode beber, é delicioso — garantiu Nephos, lendo mais uma vez seus pensamentos.

Pedro pegou o copo, cheirou o seu conteúdo e se impressionou com o maravilhoso perfume. Era uma mistura de chocolate, com chiclete de tutti-frutti e bala de hortelã. Olhou para os dois amigos que já seguravam seus próprios copos. Ergueram-nos como num brinde e beberam de um só gole.

Pedro os acompanhou e sentiu um calor que irradiava do estômago até as pontas dos pés e a raiz dos cabelos. À medida que o líquido se espalhava, era como se seus pensamentos se tornassem mais claros. Parecia até ter ficado mais inteligente. Sentia um bem-estar incrível, estava renovado, pronto para enfrentar os maiores desafios.

— Que tal? Como se sente? — Rugebom o tirou de seus pensamentos.

— Ótimo! Na verdade, nunca estive melhor! Muito gostoso.

— Esse extrato faz milagres. É um composto energético milenar, muito usado pelos antigos egípcios.

— É muito bom. O que mais tem de interessante?

Rugebom e Nephos riram da impaciência de Pedro.

— Calma, Arfat! Temos que ir devagar. Por hora, era do que precisávamos para restabelecer as energias. Que tal andarmos mais um pouco pela cidade? — convidou Nephos.

Sem esperar resposta, Nephos retomou seu caminho pelas ruas de barro batido e salpicadas de pedras preciosas, seguido de perto pelos outros dois. Pedro ainda estava curioso quanto a Ayma e Rugebom esclareceu:

— Este povo, Arfat, teve que encontrar suas maneiras de sobreviver neste planeta sem ser importunado. Como Nephos lhe disse, eles já viviam nos subterrâneos antes de chegar aqui. Também precisam se esconder para realizar sua missão, pelo menos por enquanto. Imagine Arfat, que o homem, em sua ciência e sabedoria, já tem conhecimento da existência de milhares de estrelas, sistemas solares e até mesmo galáxias. Sabe também que o universo é infinito e que estão sempre surgindo novos planetas, estrelas e sóis. Como, então, negar a existência de vida em outros planetas? Por que só aqui haveria vida?

— Meu professor de Ciências já tinha falado uma coisa parecida. Mas a maioria da turma riu.

— Infelizmente, o cinema nos transforma em seres ridículos que só os mais tolos acreditam ou em seres perversos que querem dominar a Terra. É claro que existem os mintakianos, mas nós já os detemos uma vez fechando todos os portais pelos quais eles poderiam entrar na atmosfera. Hoje em dia, só há um portal aberto e muito bem guardado, no qual ninguém entra sem permissão. Nossa missão, Arfat, é levar os mintakianos para essa saída, os que ainda restam por aqui, que são poucos se comparados a nós. Só assim estaremos livres para mudar essa ideia errada que os terráqueos têm de nós e prepará-los para a grande transição, quando nossas naves deixarão de usar os dispositivos de invisibilidade e surgirão aos milhares pelos céus. Esse trabalho deve ser muito bem feito para que, quando isso aconteça, as pessoas já saibam quem somos e que viemos em paz. Assim, não sentirão medo.

Pedro se deu conta de sua enorme responsabilidade. De repente, uma nave triangular, passou rápido sobre suas cabeças, tirando Pedro de suas cismas. Nephos parou diante de um prédio dourado, próximo ao enorme cristal de luz alaranjada. Haviam chegado ao que parecia ser o centro da cidade de Ayma. Apontando para o cristal, explicou:

— O sol artificial. Como a luz solar nos faz muita falta e não há meios de trazê-la até aqui, construímos o nosso próprio sol. Funciona como um enorme gerador de energia. Energia essa ainda desconhecida para vocês. Só não lhes passamos este conhecimento porque ainda não estão preparados e, certamente, procurariam tirar proveito disso para o mal. A energia nuclear, em breve, estará ultrapassada.

Convidados por Nephos, entraram no prédio onde havia um grande salão, com dezenas de mesas espalhadas. Elas eram douradas e tinham a forma de uma estrela; o estofado das cadeiras, também no mesmo formato, era branco. Muitas plantas exóticas decoravam o local. Havia ainda um balcão dourado e branco na outra extremidade do salão que lembrava a entrada de um grande hotel. Em algumas mesas, pessoas concentradíssimas em um jogo de tabuleiro com longos pinos de forma animal.

— Estamos em um centro cultural — explicou Nephos. — É um dos locais onde passamos nossas horas livres. Aqui podemos jogar uma série de jogos que desenvolvem a mente e o raciocínio. Esse jogo que você está vendo chama-se Cães e Chacais e era muito conhecido no Antigo Egito. Deu origem ao xadrez, no entanto é bem mais complexo e é necessário mais estratégia. O chacal é um animal extremamente selvagem. O objetivo do jogo é, para os cães, tentar domar os chacais sem ferí-los ou derrubá-los, dando a volta no tabuleiro e tomando o rei chacal; para os chacais, o objetivo é destruir os cães, caindo sobre sua casa, eliminando-os. Vence quem atingir seu objetivo primeiro.

— Podemos jogar um pouco? — perguntou Pedro.

— Hoje não, Arfat. Temos muito que ver ainda — respondeu Rugebom.

Pedro concordou, desapontado. Nephos mostrou muitos dos costumes de seu povo e falou-lhe da importância que a arte e o esporte tinham em suas vidas. O que mais impressionou a Pedro foi a escola local. O estudo era feito por meio de computadores, sem a ajuda de professores. Cada um subindo de nível de acordo com sua capacidade e dedicação, sem divisão por séries ou anos. Ao fim do passeio, já de volta ao teatro, Nephos falou:

— Você poderá conhecer o nosso trabalho em breve, Arfat. É por isso que está aqui. Estamos nos mobilizando para impedir uma grande catástrofe nuclear. Temos trabalhado duro nos últimos anos. Se não fossem as nossas investidas para refrear o homem da superfície em seus intuitos obscuros de poder e riqueza, o planeta já estaria perdido. Temos evitado a contaminação das águas dos rios e dos oceanos, assim como a poluição completa e irreversível do ar. Não tem sido um trabalho fácil e ficaremos muito gratos com a sua ajuda. Essa será uma missão conjunta.

— Minha ajuda?! — Pedro se espantou. Já havia se esquecido da missão. — O que vou fazer?

— Venha conosco quando for a hora e verá, caro amigo. Toda a ajuda que conseguirmos nos será útil.

— Mas eu não sei fazer nada!

— Muito se engana, Arfat — disse Nephos misterioso, e se despediram com a promessa de se encontrarem em breve.

Ao retornarem para o abrigo, já estava quase amanhecendo, e Pedro não fazia ideia de como iria conseguir acordar para ir à escola dentro de uma hora. Rugebom aproximou sua nave do jardim, mas Pedro não se preparou para descer; ficou sentado, com o olhar distante.

— O que foi, Arfat?

— Me fale mais sobre os mintakianos — Pedro ajeitou-se na cadeira. — Quem são eles e por que querem nos fazer mal?

— Eles são de Orion como já lhe disse, mais precisamente de Mintakianoa. Os três astros que formam o Cinturão de Orion — Alnitak, Alnilam e Mintakianoa —, eram unidos e regidos por um único governo. Tudo ia bem até o dia em que os mintakianos se rebelaram, queriam dominar todo o Cinturão. Atacaram primeiro a Alnilam, exterminando o povo e forçando os sobreviventes a se refugiarem no interior do planeta para fugir do trabalho forçado e da escravidão. Os mintakianos não têm muito conhecimento de agricultura ou de qualquer outra atividade ou ciência. Sempre se utilizaram da força bruta, escravizando os de seu próprio povo, até que perceberam a vantagem que seria escravizar outros povos. Em relação a nós e ao povo de Alnilam, eles estão ainda muito atrasados.

— Se o povo da Terra fizesse ideia de que lá em cima tem um mundo tão parecido com o deles... — disse Pedro quase para si mesmo.

— O que os cientistas terrenos ainda não se deram conta, Arfat, é de que não há vida somente nos planetas. Em todo astro do universo há vida. Em alguns, vida mais adiantada e em outros, vida mais atrasada que a nossa, mas sempre há. O que falta à ciência terrena é aceitar que vida inteligente não é somente a vida como eles conhecem. Existem povos que vivem em outras dimensões e, por isso, não são vistos por suas sondas espaciais.

— Mas, e vocês? Os mintakianos não atacaram Alnitak?

— Claro que sim. Mas não no começo. Eles ocuparam primeiro Alnilam e, quando estavam bem acomodados, nos enviaram ameaças, dizendo ser superiores na arte bélica. A verdade é que de guerra nada entendíamos, pois há milênios havíamos ultrapassado essas questões. Até ali estávamos todos penalizados com o que havia acontecido a Alnilam, mas não nos foi possível fazer nada por termos tomado conhecimento do fato já muito tarde. Como somos um povo pacífico, nada fizemos contra os mintakianos depois. Não fazíamos ideia de que havia algum Alnilaniano vivo. Depois das ameaças, resolvemos atacá-los imediatamente para não sermos dizimados como Alnilam. Foi difícil, mas conseguimos vencê-los e expulsá-los de Orion. Mas, infelizmente, os acontecimentos que vieram... não podíamos imaginar... nem eles sabiam, do contrário... — E calou-se como que arrependido de ter falado demais.

— Do que está falando? Por que parou? Preciso saber, Rugebom. Foi por isso que vocês trouxeram os Medjais?

— Sim. Mas já falei mais do que devia — e levantou-se.

— Está bem, não pergunto mais nada. Se não quer falar... — Pedro tentava, de todas as formas, fazer o guardião falar. Quem sabe se fingisse não ter interesse...

Rugebom calou-se e Pedro, vendo seu plano falhar, não se conteve:

— E se eles nos acharem?

— Os mintakianos podem identificar os Medjais apenas se virem o Olho, não há outra forma; precisam estar em contato direto com vocês, daí o perigo. Geralmente se passam por pessoas em quem você confia, como um amigo ou parente, no caso daqueles que foram adotados e têm família na Terra. Tenha cuidado.

— Mas... Rugebom... Quando começará a minha missão?

— Sua missão? — Rugebom franziu a testa confuso. — Mas já começou há doze anos.

Antes de levá-lo de volta para o quarto, Rugebom tratou do cansaço de Pedro deitando-o dentro de um grande aparelho parecido com um casulo que, ao ser fechado, lançava raios de luz de todas as cores por todos os lados. Uma música suave e diferente de tudo que Pedro já ouvira tornava tudo reconfortante. Ao sair dali, foi como se tivesse dormido por uns dez dias.

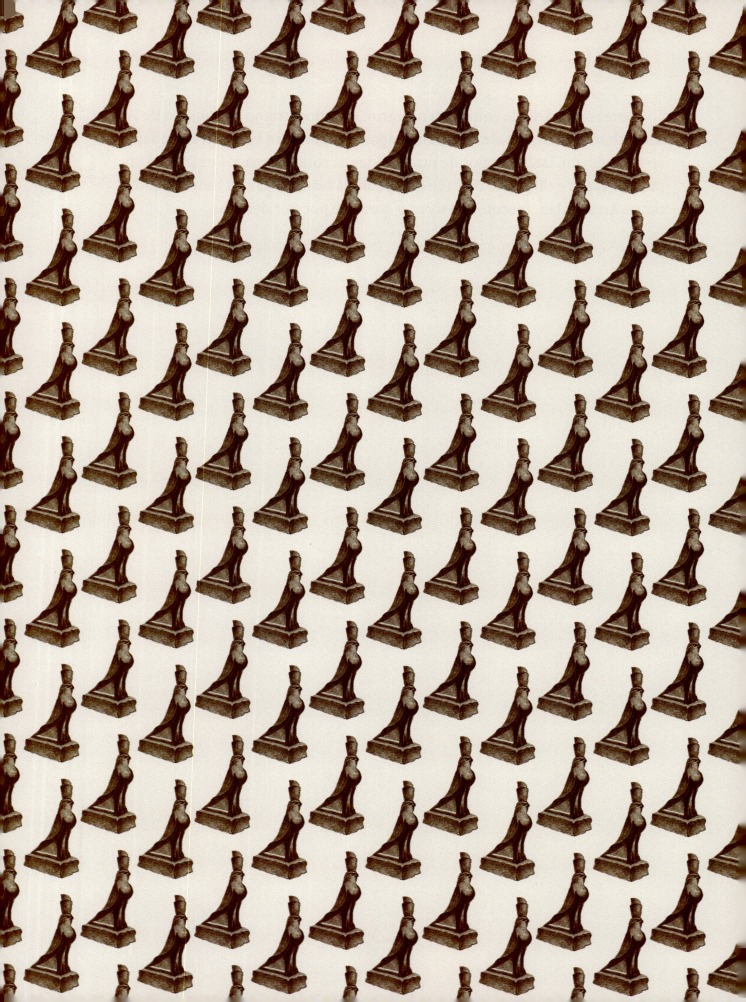

CAPÍTULO 6

Encontro com um mintakiano

Pedro acordou relaxado pelo tratamento de Rugebom. Já nem se lembrava mais das recomendações de cuidado que o jovem guardião lhe dera. Demorou-se um pouco mais na cama e só chegou ao refeitório quando Júlio estava terminando o café da manhã.

— O que estava fazendo, Pedro? Por que demorou tanto? Se demorasse mais, iria pra escola sem você.

— É que quase não dormi — contou Pedro, engolindo rapidamente um copo de café com leite.

— Mesmo? Sonhou de novo? — perguntou Júlio, curioso.

Pedro olhou em volta para ter certeza de que ninguém os observava e só falou quando verificou que Mauro estava longe.

— Rugebom esteve aqui e me levou pra uma cidade subterrânea.

— O quê?! Como assim? — Júlio quase se engasgou.

— Depois te conto tudo, temos que ir agora — disse Pedro, levantando da mesa.

— Você vai é me matar de curiosidade! — disse Júlio, levantando-se também e enfiando o último pedaço de pão na boca.

No final do recreio, Júlio já sabia de tudo.

— Não dá pra acreditar. É incrível demais pra ser verdade! Você tinha que escrever um livro! E eu? Será que nunca vou conhecer esse lugar? — Júlio estava eufórico.

— Taí uma coisa estranha. Rugebom disse que já te conhece. E muito bem.

— Vai ver é de tanto você falar de mim.

— Não, eu nunca tenho tempo pra falar dos meus amigos.

Júlio deu de ombros, não achou que fosse nada importante. Quando subiam as escadas para voltar para a sala, um grupo de quatro meninas passou por eles, falando e rindo alto.

— E então, Lara, você também vai ver a peça do nono ano na sexta-feira? — perguntou a primeira das meninas, virando-se para a última que passava ao lado de Pedro.

— Claro! Não perco por nada.

Era a mesma menina da floresta. A de cabelos cor de milho. Pedro ficou como que anestesiado. Agora sabia o nome dela. Lara...

Pedro tanto fez que convenceu Júlio de ir com ele à peça. No dia combinado, estavam todos lá, nas primeiras filas. Pedro e Júlio sentaram-se na mesma fileira que as meninas. No palco, um casal se esgoelava cantando. Pedro não tirava os olhos de Lara, precisava saber se ela também era uma Escolhida. Como se adivinhasse, ela levantou a mão direita para ajeitar os cabelos e, num relance, mas o suficiente para ter certeza, Pedro viu o olho de Horus. Enfim, encontrara alguém como ele.

Já nem via mais a peça. Seus olhos eram todos para Lara. Ela pareceu perceber e sorriu para ele. Foi o bastante para Pedro corar e virar-se para frente, encarando fixamente as cortinas que acabavam de se fechar.

— Tá olhando o quê, Pedro? Já acabou, não notou? — perguntou Júlio, percebendo algo de estranho.

— É, notei sim — gaguejou Pedro. — Vamos então?

— Ué, não vai falar com ela?

— Com quem, Júlio? — Pedro tentou se fazer de sonso, mas não teve tempo. Lara e suas amigas estavam ao seu lado esperando para sair da fileira de cadeiras.

— Dá licença? — disse Lara, com a voz mais doce do mundo e um belo sorriso no rosto, endereçado a Pedro que, mudo, deu passagem. As outras três meninas passaram rindo.

— Eu vi, Júlio. Eu vi o olho de Horus no pulso dela.

Júlio arregalou os olhos e escancarou a boca, onde se podia ver uma porção de amendoins mastigados.

Alguns dias depois, logo após o almoço, Pedro e Júlio conversavam no salão de jogos, apoiados à janela. Vários meninos se espalhavam por ali. A maioria jogava, alguns poucos, como eles, conversavam. Thiago se aproximou dos dois.

— Oi, gente. Querem fazer alguma coisa?

— Não — respondeu Pedro.

— Eu também não — completou Júlio.

— Tudo bem. Vou ficar aqui também, com vocês.

Pedro e Júlio se entreolharam. Já haviam percebido que o garoto tentava fazer amizade. Abriram então um espaço para ele, que tirou do bolso uma revista de piadas, o que os distraiu por algum tempo. Assim que se viram sozinhos, Júlio perguntou a Pedro:

— O que a gente vai fazer pra salvar o abrigo?

— Já tinha me esquecido desse problema.

— Como pode esquecer? Só de pensar me dá um frio na barriga. Você está tranquilo porque tem Rugebom. Eu não tenho ninguém.

Nessas horas, quando ficava nervoso, Júlio falava diferente, mais rápido do que de costume.

— Não se preocupe, Júlio. Se o pior acontecer, e eu tiver que ir embora, levo você comigo.

Souza entrou de repente e bateu umas três vezes com força na mesa de ping pong, pedindo a atenção de todos.

— Gente, gente! Atenção! Marcos, guarda esse pião. Obrigado. Seu Alfredo quer todo mundo reunido no pátio. Vamos logo! — disse, enquanto tirava a raquete de pingue-pongue da mão de Mauro.

— O que será que ele vai falar? — perguntou Júlio a Pedro, preocupado.

— Não sei. Mas vamos ficar na frente pra escutar melhor.

No pátio, a algazarra era grande. Todos falavam ao mesmo tempo imaginando qual seria a novidade.

— Será que é algum passeio?

— Vamos ao cinema de novo?

— Eu acho que Dona *Malvada* morreu.

— O quê? Quem morreu?

— Sua mãe, seu fofoqueiro de meia-tigela!

Começaram um empurra-empurra, e o falatório aumentou.

— Silêncio! — gritou Malva.

— Ih! Ela não morreu! — cochichou alguém.

— Certo garotos... Atenção! Quero muito respeito e silêncio. Seu Alfredo vai falar algo muito importante, do interesse de todos. Não quero ouvir nem a respiração de vocês, entenderam? — e deu o lugar ao irmão no palanque improvisado em cima de um dos bancos.

— Meninos — começou Alfredo, com um sorriso triste no rosto. — O que tenho a dizer é ao mesmo tempo muito sério e muito triste. Protelei bastante em dar esta notícia. Deus sabe o quanto lutei para que isto não acontecesse — o diretor deu uma pausa, pois sua voz falhara.

Júlio e Pedro olharam-se preocupados. Alfredo continuou:

— A maioria de vocês já está aqui há muito tempo, alguns desde o nascimento, e vocês sabem que, para mim, todos vocês, sem exceção, são minha família. Por este motivo, me é ainda mais penoso dar esta notícia.

— Não disse, não disse? — falou Júlio muito nervoso. — A gente tinha que ter feito alguma coisa.

Pedro cutucou o amigo para que prestasse atenção no que Alfredo dizia.

— Mas, cheguei a conclusão de que devo revelar tudo, já que prezo muito a sinceridade e a verdade acima de tudo — ele fez uma breve pausa para recuperar o controle de suas emoções e continuou em seguida. — Já há alguns meses que estamos lutando na justiça para mantermos o abrigo em funcionamento. O fundador e maior colaborador do abrigo até hoje, o senhor Michael Geller, um americano, como vocês já sabem, faleceu recentemente. Seus herdeiros decidiram que não é mais interessante para sua empresa continuar enviando dinheiro para o abrigo. E, não se dando por satisfeito em deixar as despesas somente por nossa conta, o que seria infinitamente melhor, ainda acharam que o terreno que ocupamos é muito grande para ficar sem uma atividade lucrativa. Então, decidiram fechá-lo para construir aqui um Shopping Center. Tentamos, de todas as formas legais, persuadi-los do contrário, mas eles foram irredutíveis. Teremos que deixar o abrigo em breve.

A confusão foi total. Um falatório generalizado impedia que continuassem a ouvir o que o diretor dizia. Ele estendia as mãos para o alto pedindo silêncio, mas era inútil. Tentava explicar todos os seus planos para o futuro dos garotos, dizer que não estariam sós, que faria o que fosse necessário para ajudá-los, encaminhando-os para bons abrigos. Júlio gesticulava, mas Pedro também não conseguia entender. Malva também subiu no banco e gritava desesperadamente, sem conseguir que lhe dessem atenção.

Muito acabrunhado, sem conseguir terminar o que pretendia dizer e percebendo o desespero dos garotos, Alfredo não teve outro remédio senão retirar-se. Deixaria para explicar melhor depois. Malva ainda ficou algum tempo tentando reunir todos novamente, gritando e dando ordens. Um a um, os meninos foram se dispersando enquanto imaginavam para onde iriam.

O jogo do dia seguinte serviu para melhorar os ânimos gerais. Venceram de 3 a 0.

— Já sabem da novidade? — perguntou Matheus, o goleiro, para Júlio e

Pedro após o jogo. — Tão dizendo por aí que o Guto foi convidado pra jogar pelo Tornado.

Os olhos de Pedro brilharam de indignação.

— O quê?! Aquele troglodita?! Que não respeita nem treinador nem juiz, nem mesmo os colegas de time? Aquele covarde, que só por ser maior que os outros, bate em todo mundo? Difícil de acreditar. Ele acha que sabe tudo de futebol. Quem ia querer ele no time?

— Pois é. Também acho, mas foi o que me disseram — concluiu Matheus, dando as costas para os dois e se afastando.

— Pois disseram errado — completou Pedro, ainda sem conseguir acreditar.

— Deixa isso pra lá, Pedro. Deve ser mentira — Júlio tentava amenizar a situação.

O Tornado era o melhor time do bairro, o sonho de todo garoto. Pedro sabia que era um ótimo jogador, e merecia bem mais do que o Guto. Júlio, percebendo que o amigo havia ficado chateado, não tocou mais no assunto.

Foi numa manhã chuvosa que Pedro teve sua oportunidade de falar com Lara pela primeira vez. Ela se encolhia sob o pequeno toldo de uma das janelas do segundo andar. Pelo jeito já se arriscara atravessar do pátio coberto até ali na chuva e estava tomando coragem para correr até a cantina, também coberta. Tarefa impossível de se fazer sem se molhar. Ela parecia chateada por ter água respingada nos cabelos e os sacudia com as mãos. Pedro passou alguns segundos como que hipnotizado por sua beleza, mas não foi por muito tempo.

— Ei! Lara! — ele não tinha certeza se devia chamá-la pelo nome, mas a dúvida se dissipou quando ela o olhou sorrindo. — Espera aí — acenou.

E correu até o depósito de materiais de limpeza, onde pegou um saco de lixo vazio. Ele o esticou sobre a cabeça, improvisando um guarda-chuva e foi até a garota. Com o saco, cobriu a cabeça dos dois e correram juntos até a cantina.

— Eu ainda não sei o seu nome — ela disse, passando a mão pelos braços e se livrando de algumas gotas da chuva.

— Pedro.

— Prazer. O meu, pelo jeito, você já sabe — ela sorriu.

— Ouvi outro dia alguém dizer — parecia que seu tênis era bem mais interessante nesse momento, já que o olhava fixamente enquanto Lara pagava pelo saco de salgadinhos e refrigerante. — Vamos sentar ali? — perguntou, apontando um banco vazio enquanto a ajudava a abrir o pacote.

Ela o acompanhou e lhe ofereceu um salgado, que ele não recusou.

— Você é nova aqui, não é?

— Entrei este ano. E você?

— Ah, eu sempre estudei aqui. Sabe Lara... Eu tenho uma coisa pra te mostrar.

— O quê?

Pedro tinha o cuidado de estar sempre com o pulso voltado para dentro, quando não usava o seu relógio quebrado. Naquele dia não usava o relógio e sem tirar os olhos do rosto de Lara, para não perder nada de sua reação, mostrou o olho de Horus.

O rosto da menina se abriu num sorriso largo. Ela deixou o lanche de lado e mostrou o dela, escondido por uma pulseira larga.

O sinal tocou, e os outros alunos corriam de volta para as salas. Pedro e Lara se olhavam e era como se a história de cada um estivesse sendo contada sem palavras. Sentiam-se agora unidos por laços muito fortes e não precisavam falar para saber muito sobre o outro. Tinham a mesma origem, nenhum dos dois foram criados pelos pais e cresceram em uma planeta desconhecido, sem família.

A chuva caía mais forte e nenhum dos dois estava disposto a se molhar para voltar à sala de aula. Pedro descobriu que Lara havia sido adotada por uma família que nada sabia sobre o seu passado ou sua missão, que sua guardiã se chamava Thalía e o mais importante na sua opinião: que ela o tinha reconhecido do encontro na floresta.

Então ela se lembrava, tinha reparado nele também. Ela lhe ofereceu um gole do refrigerante. Ele sugou o canudinho e foi como se o mundo todo ficasse mais belo.

Algumas noites depois, Pedro se encontrava com Rugebom dentro da nave. Muito contente por reencontrar o amigo, falava sem parar e não notou que a nave era diferente.

— Sabia que conheci uma Escolhida, Rugebom? Acredita que ela estuda na mesma escola que eu? Quando vi, o Olho me lembrei de que você disse que não dá pra falsificar, aí tive certeza. Somos amigos agora.

Rugebom não dizia nada, e Pedro notou que ele estava estranho, com o rosto muito tenso. Até seu olhar era diferente, mais sombrio, com as sobrancelhas franzidas. Preocupado, Pedro notou que a nave não era mais transparente como antes e sim toda fechada, não permitindo que se visse o exterior. Rugebom precisava se guiar por uma tela de computador. Pedro sentiu todo o seu sangue gelar. E se não fosse Rugebom? E se tivesse sido raptado? Sabia que os mintakianos eram bem capazes disso.

Rugebom virou-se para ele e sorriu irônico. Horrorizado, Pedro presenciou sua transformação. Seus olhos mudaram de cor; de azuis tornaram-se pretos, completamente pretos, todo o globo ocular. Sua boca se tornou maior, os cabelos escureceram e encurtaram, a pele borbulhou como se fervesse e seu corpo se encheu de escamas cinzentas. Até o uniforme que Rugebom usava se transformou; de cinza, tornou-se preto. Num minuto, estava totalmente mudado.

— Que... quem é você? — perguntou Pedro, levantando-se da cadeira e dando um passo atrás. Mas já deduzindo que só poderia ser um mintakiano.

Ele não respondeu e voltou-se novamente para os controles da nave. Foi só então que Pedro notou uma arma ao lado dos controles. Nervoso, olhava por toda parte, buscando uma saída, mas nada lhe parecia viável. Nunca aprendera a mexer nos comandos de uma nave, o que era uma infelicidade naquele momento. Se soubesse algum comando vital para o seu funcionamento, poderia fazê-la parar ou ao menos obrigar o mintakiano a parar para consertá-la; o que talvez lhe desse tempo de se livrar dele e fugir.

Temia ainda ter colocado Lara em perigo ao revelar que ela também era uma Escolhida. Mas não era o momento de se lamentar ou perder tempo com fantasias que não levariam a lugar nenhum. Precisava agir rápido. Sem pensar duas vezes, se atracou com o mintakiano, agarrando-se ao seu pescoço. Talvez, se conseguisse pegar sua arma, poderia dar um jeito de contatar Rugebom. O verdadeiro.

Embora se esforçasse, Pedro não era mais forte que o mintakiano, que logo o imobilizou e, de posse da arma, o fez desistir de lutar. O garoto foi jogado em uma poltrona que o prendeu imediatamente. Todo o seu corpo estava imobilizado, era como se um ímã invisível o puxasse. Na luta, haviam esbarrado em alguns dos comandos, e isso deve ter acionado o rádio, já que se ouviram vozes em língua estranha, provavelmente mintakianoiana.

Aparentando grande aborrecimento, o que, de certa forma, agradou a Pedro, o mintakiano respondeu ao chamado e sentou-se novamente, deixando a arma de lado para se concentrar nos comandos da nave. Pedro, percebendo que por hora não corria perigo, fez a única coisa que podia naquele momento: esperou.

A viagem foi longa, e a ansiedade de Pedro aumentava a cada minuto. Diferente da nave de Rugebom, em que não se sentia a aterrissagem, esta sacolejou muito e o deixou enjoado. Mas, ao menos, haviam chegado em terra firme e talvez ele tivesse alguma chance de fuga.

— Saia! — ordenou o mintakiano.

Não precisou mandar duas vezes. Pedro, desesperado para se livrar dele, correu para a rampa de descida com apenas uma coisa em mente: fugir. Mas, ao pisar em terra, constatou que não havia para onde correr. Estavam bem longe de casa.

Era um lugar árido, seco e mal iluminado. Para onde quer que olhasse, só podia ver areia. Imaginou ser um deserto. Mas achava pouco provável ser na Terra, devido ao tempo que levaram até ali. Se bem que o mintakiano poderia ter dado voltas apenas para fazê-lo pensar que saíram da Terra.

Seus pensamentos foram cortados abruptamente. O mintakiano o empurrou com força, e ele caiu no chão. Parecia se divertir com o tratamento dado a Pedro. A seguir, levantou o garoto pela camisa e o obrigou a caminhar a sua frente. Andaram pouco, até encontrarem uma passagem escondida sob a areia. Diferente da entrada de Ayma, ali não havia nenhum guardião. Foi só se aproximarem e uma rampa se abriu de baixo para cima. Desceram os dois, Pedro na frente sendo empurrado de vez em quando pelo mintakiano. Estavam no interior de uma grande nave enterrada na areia.

Chegaram a uma sala de paredes escuras, onde havia enormes tubos de ensaio, nos quais caberiam um homem adulto de pé. Estavam esfumaçados e Pedro não pôde ver o que havia lá dentro. O mintakiano o empurrou até o centro da sala. Nesse instante, um outro ser, de aparência ainda pior do que o primeiro, entrou na sala cheio de pompa, vindo não se sabe de onde, e sentou-se em uma espécie de trono logo a frente de Pedro, acima uns três degraus.

— Ajoelhe-se! — ordenou o mintakiano que o levara até ali.

Como Pedro não se moveu, ele deu-lhe um chute forte na dobra da perna, fazendo-o cair de joelhos, depois sorriu para o que parecia ser o seu líder.

— Aí está o prisioneiro, exatamente como ordenado... Vivo — ele pronunciou a última palavra como se fosse um castigo.

— Então este é o famoso Arfat... — falou o chefe, mostrando os dentes amarelos num sorriso irônico. Depois, começou a falar com o outro em uma língua estranha e Pedro não conseguiu entender mais nada. Suando frio e com a mente a mil, ele imaginava onde estaria o verdadeiro Rugebom. Saberia o que houve com ele?

Lembrou-se do olho de Horus. Por que não o estava protegendo? Não lhe disseram que era um amuleto de proteção? Acabara de perceber que nunca perguntou como usá-lo em caso de perigo. Mas quem deveria ter explicado isso era Rugebom, e ele não disse nada. Pedro se perguntava se ele ainda funcionava.

Quatro guardas armados surgiram, cada um por uma porta que se abriu em cada canto da sala. Usavam uma espécie de colete vermelho cruzado sobre o peito, com alguma coisa escrita em uma língua estranha. Suas armas eram grandes e retorcidas, como um galho de árvore.

Foram até o centro da sala, fizeram uma reverência ao seu líder e se voltaram de frente para Pedro, que deu uma olhada disfarçada para o pulso que estava colado à sua coxa direita. Imaginava o que fazer. Será que teria de apontar o Olho para eles? E se fizesse isso e nada acontecesse? Ia piorar sua situação, certamente. Melhor esperar e ver até onde iam. Quem sabe Rugebom estaria vindo salvá-lo? Ou talvez eles não fossem tão maus assim e o soltassem logo. Afinal, nunca fizera nada a eles para que quisessem matá-lo. Talvez só quisessem conversar, saber dos planos da Missão Terra. Mas... E se fosse isso mesmo? Ele não poderia revelar nada. Seria um dedo duro se o fizesse. Não! Seria forte, tinha de ser forte. Morreria se fosse preciso.

— Responda, prisioneiro! Onde estão os outros? — gritou o chefe.

Estranhamente, Pedro agora o compreendia, embora continuasse falando em outra língua.

Numa tentativa de livrar-se daquela situação, Pedro desejou ardentemente que estivesse sonhando e se esforçou para sair dali. Fechou os olhos, se concentrou em seu quarto, no abrigo e... nada. Estava nervoso, talvez precisasse de uma concentração maior; pensou no Júlio com toda a sua força, para ter algo concreto e agradável de que se lembrar do abrigo, mas nada aconteceu. Estava tão desesperado que até em Malva pensou, o que obviamente não deu certo. Estava decidido a lutar se fosse preciso. Mas como?

Discretamente, com os braços ainda estendidos rente ao corpo, ele virou o Olho para o guarda mais próximo esperando que algo acontecesse. Concentrou-se, apertou bem os olhos e, fechando o punho com força, imaginou um poderoso raio destruindo toda a nave e todos aqueles monstros, mas seu esforço foi inútil. Para que servia o olho de Horus, então?

O mintakiano que estava sentado no trono, gritou irritado:

— Seus planos acabaram. Este será o fim dessa estúpida missão. Após termos cuidado de você, os outros cairão como moscas. Um a um. Vocês não têm mais como se esconder. Essa proteção de araque não pode nos deter — ele apontava para o pulso de Pedro. — Nada pode nos deter. Somos mil vezes superiores ao seu povo. Graças às nossas habilidades, Alnilam foi destruída e Alnitak teve que ser evacuada às pressas, pelos poucos que sobreviveram... Então, se quer que seja rápido, fale! Quais são os planos?

Enchendo-se de coragem, Pedro falou em voz alta:

— Mentira! Sei que não foram vocês que expulsaram meu povo de Alnitak, e sim o contrário. E, se vocês são tão superiores, pra que querem saber os planos? É só destruir tudo que não tem mais missão nenhuma.

Não demorou nem um segundo para Pedro se arrepender do que dissera. O líder dos mintakianos, olhos flamejantes de ódio, gritou:

— Maldito! Se é assim que quer, assim será feito. Matem-no!

O mintakiano que estava ao seu lado se afastou com a arma em punho e uma expressão de triunfo no rosto; os outros guardas também se prepararam, apontando suas armas. Num gesto automático, Pedro cruzou os braços sobre a cabeça, deixando o pulso direito a mostra. Finalmente acionado por sua vontade, o olho de Horus se iluminou por uma intensa luz dourada que se expandiu envolvendo todo o corpo de Pedro, como uma bolha de energia. Os guardas recuaram assustados. Um dos guardas avançou sobre ele e foi lançado longe.

O líder dos mintakianos esbravejava:

— Idiotas! Peguem-no!

Mas a barreira de proteção aumentava cada vez mais e parecia queimar os guardas, pois eles se afastavam rápido sempre que ela se aproximava deles. Então o mintakiano que o havia levado até ali, com um olhar cheio de ódio, tomou a arma de um dos guardas e bateu em Pedro com toda a força.

Felizmente não teve sucesso. A arma, ao bater na barreira, ricocheteou derrubando o mintakiano no chão e disparando contra ele, acertando-o do lado esquerdo do rosto onde deixou um profundo corte. No entanto, nenhuma gota de sangue foi vista. Pedro aproveitou a confusão para tentar escapar. Correu dando a volta na sala, tateando toda a parede, mas nada encontrou que se parecesse com uma saída. Onde antes havia portas pelas quais entraram os guardas, agora eram superfícies lisas. Ele passou as mãos nervosamente pela parede, procurando algum segredo, alguma ranhura ou saliência que desse entrada para outra sala, mas nada encontrou.

Os guardas se aproximavam lentamente, e ele notou que a bolha que antes o protegia começava a falhar. Correu então para perto dos tubos de ensaio gigantes que havia visto quando chegou. Assim, de perto, podia ver bem o que estava dentro. O que viu fez com que parasse de correr, enjoado.

Seres ainda mais horríveis do que os primeiros estavam nos tubos de ensaio, imersos num líquido azulado. As bocas e os olhos estavam escancarados. Imaginou se estariam mortos ou dormindo. No líquido, flutuavam placas de uma gosma esverdeada e gordurosa. Seu estômago revoltou-se.

Havia criaturas em diversas fases de desenvolvimento: homens, mulheres e crianças. Não tinha mais para onde fugir e, como os guardas estavam parados, esperando pelo líder, Pedro deixou-se levar pela curiosidade e chegou o rosto bem perto de um dos tubos onde havia uma criatura do seu tamanho. Algumas das escamas estavam arrebitadas. Era realmente muito feio. Pedro deu um grito e um pulo para trás quando o pequeno monstro piscou os olhos e pareceu vê-lo.

Pedro se deu conta de que a bolha já não existia e não sabia como fazê-la voltar. O líder já havia se aproximado e ordenou que os guardas o levassem para uma cela. Dessa vez, Pedro não reagiu. Deixou-se empurrar até uma das paredes onde, inexplicavelmente, uma porta se abriu. Passaram por um corredor completamente escuro no qual os guardas pareciam enxergar muito bem. Outra porta se abriu do nada, e Pedro foi jogado no chão de um cômodo pequeno e escuro.

O lugar era frio e cheirava mal. Não havia janelas, e a porta, assim como as outras, havia desaparecido. Pedro sentiu muito medo. O que fariam com ele? Por que não o mataram? E onde estaria Rugebom? Mas estava exausto por causa do esforço involuntário que fizera para criar a bolha ao redor de si. Tremendo de frio, deixou-se vencer pelo cansaço e escorregou por um dos cantos, adormecendo a seguir.

Acordou com o chacoalhar da nave se movimentando. Será que já estariam voando há muito tempo? Não podia precisar quanto tempo ficara ali. Alguns minutos depois, a porta se abriu, e o mintakiano que havia se passado por Rugebom, agora com uma horrível cicatriz no rosto, entrou.

— Você vai se arrepender por isso! — exclamou, apontando para a cicatriz. E, com um sorriso perverso, ordenou:

— Venha comigo!

Pedro, embora tremendo de medo e de frio, levantou-se depressa. Queria que acabassem logo com aquilo. Se tivesse que morrer, que fosse rápido. Não aguentava mais aquela espera.

O mintakiano o levou de volta à sala do trono, e o garoto tinha a nítida sensação que ele estava doido por um motivo para matá-lo. Só não o fizera ainda porque precisava de informações. Lá o deixou de frente ao líder, postando-se ao seu lado sem tirar os olhos de Pedro.

— Vou lhe dar uma segunda e última chance de responder. Quais são os planos da missão? — perguntou o líder.

Pedro ficou calado. Nada diria, mesmo que precisasse morrer. Não trairia ninguém. Além do mais, não era burro, sabia que o matariam de qualquer forma. Melhor seria apressar tudo.

Vendo que ele não diria nada, e provavelmente já prevendo isto de antemão, o líder fez um sinal e uma enorme tela surgiu por trás de seu trono.

— Vamos ver o que você me diz depois de assistir a esse filme — desafiou o mintakiano.

— Nada que você me mostrar vai me fazer ser um dedo-duro — falou Pedro, decidido.

Uma imagem foi surgindo aos poucos. Em uma sala parecida com a que estavam, Júlio era torturado por dois mintakianos. Eles o haviam prendido a uma maca e amarrado cordas em seus braços e pernas. Rodavam uma manivela que fazia com que as quatro cordas se esticassem, o que devia causar uma dor insuportável. O garoto gritava e implorava por socorro.

— Covardes! Soltem ele! — gritou Pedro, horrorizado, mas a tortura não parava.

— Ou você nos conta tudo, ou seu amigo morre! — exclamou o líder.

Pedro descobriu naquele momento o que era sentir ódio de alguém e começou a pensar que aquele mintakiano merecia pagar pelo mal que fazia aos outros. Seu sangue estava fervendo nas veias e seu coração batia mais forte do que nunca. O suor lhe escorria pelo rosto e suas mãos estavam crispadas. O mintakiano que se fez passar por Rugebom ria alto, sendo acompanhado pelo líder.

— Parem com isso! — gritou Pedro, angustiado. Sentindo o olho de Horus arder em seu pulso.

De repente, um clarão, seguido por uma névoa espessa. Os mintakianos recuaram aturdidos. Quando a névoa se dissipou, um segundo Pedro se encontrava do lado oposto da sala. Pedro também estava confuso, vendo-se como em um espelho.

O outro Pedro fazia exatamente o mesmos movimentos que ele. Os mintakianos ficaram no meio de tudo, olhando para os dois sem saber o que fazer. O líder, muito irritado, levantou do trono, desceu os degraus e, apontando para o verdadeiro Pedro, gritou:

— Seus imbecis! Ele está ali, no mesmo lugar! Matem-no! Antes que eu mesmo o faça.

Os guardas se aproximaram de Pedro apontando suas estranhas armas que se tornaram luminosas e assustadoras. Sua luz foi se intensificando do rosado até um vermelho intenso. Pedro, apavorado, com os olhos fixos nas armas que dariam fim à sua vida, não conseguiu se mover e olhou mais uma vez para sua cópia que continuava lá, parada, exatamente como ele. Experimentou correr e, repetindo seus movimentos em direção contrária, o outro Pedro também corria. Mas era tarde, além de não haver saída da sala, os mintakianos já sabiam qual era o verdadeiro e foi para ele que apontaram suas armas.

Raios vermelhos foram lançados contra ele que se preparou para o fim. De olhos fechados e torcendo para que acabasse logo, sentia que os segundos duravam uma eternidade. Em um relance, toda sua vida passou por sua mente.

Pensou em Júlio e em como teria uma morte horrível, sem ninguém que pudesse salvá-lo. Pensou também em todas as coisas que ainda não tinha feito na vida. Em tudo o que deixaria de ver, de experimentar. Na Missão Terra, da qual não faria mais parte. Pensou ainda em Lara. A menina mais doce e linda do mundo. E em Rugebom, que nem devia saber o que estava acontecendo com ele e Júlio. Pensou ainda em sua mãe que mal tivera tempo de conhecer e...

Sem que soubesse como, já não estava mais no mesmo lugar, cercado por mintakianos armados. Estava em alguma outra parte da nave, um corredor. Com uma única certeza em sua mente, a de que não poderia deixar Júlio sozinho, Pedro correu pelo corredor procurando uma porta, uma passagem para onde estivesse o amigo. Mas nada encontrou. Sem querer esbarrou em uma parede, onde sua mão deslizou por uma espécie de placa solta que acionou a abertura da porta. Se viu em uma grande sala, onde ficavam os controles da nave. Dois mintakianos trabalhavam nos equipamentos e não se viraram de primeira, certamente imaginando que algum de seus amigos entrava. Isso deu tempo a Pedro de se esconder. Os mintakianos deixaram a sala ao ouvir um chamado do chefe que pedia a todos que se empenhassem nas buscas pelo garoto. Pedro respirou aliviado, mas sabia que ainda tinha um problema pela frente, afinal não tinha a menor ideia de como se pilotava uma nave espacial e não havia muito o que fazer. Optou então por fazer o que sabia dar resultado sempre: mexer em todos os controles ao mesmo tempo. Assim criaria grande confusão e, quem sabe, conseguiria sair dali. Só não sabia ainda como iria encontrar Júlio.

Enquanto decidia onde mexer primeiro, a fim de causar maior estrago, sentiu um peso enorme nas costas. Era um mintakiano que o atacava de surpresa. Devia ter estado escondido desde que o viu entrando na sala de controle.

Os dois se engalfinharam rolando pelo chão. Pedro quase já estava se acostumando a essas lutas corpo a corpo. Por sorte esse mintakiano era franzino, pouco maior que ele, o que lhe dava alguma chance de uma luta justa.

O mintakiano tentou tirar uma pequena arma de sua cintura, e Pedro torceu o seu braço para trás, tentando imobilizá-lo, mas sentiu um forte baque nos quadris, o que o deixou sem ar. O mintakiano lhe dera uma joelhada e agora, já de pé, empunhava a arma para Pedro. Em um relance, sem parar para pensar no perigo que corria, Pedro se jogou sobre ele que, aturdido, não teve tempo de disparar a arma. Os dois agora lutavam pela posse dela. Pedro colocara seu cotovelo no pescoço do mintakiano e o espremia contra a parede enquanto, com a outra mão, tentava tirar a arma dele.

Com um golpe certeiro, o mintakiano se desvencilhou do cotovelo de Pedro e o empurrou para um espaço apertado entre uma grande máquina e a parede. As mãos dos dois se estapeavam pela arma enquanto ela se virava de um para o outro, pronta para disparar.

Um baque surdo se ouviu. A arma havia disparado. Pedro sentiu uma forte dor na parte de trás da cabeça. O mintakiano, atingido, caiu desacordado. Pedro havia batido a cabeça na parede com o choque da arma que havia sido disparada pelo próprio mintakiano. Numa fração de segundo, Pedro conseguira virá-la para o seu oponente.

Livrando-se do corpo caído aos seus pés, Pedro correu para os controles e mexeu em tudo ao mesmo tempo. A nave estava descontrolada, balançava de um lado para o outro e diversos alarmes dispararam. Duas portas se abriam e fechavam em lados opostos. Um grupo de guardas entrou na sala de controle e Pedro, num reflexo, apontou o olho de Horus para eles que pararam receosos. Mas nada aconteceu e Pedro não sabia mesmo como fazer acontecer alguma coisa. Aproveitou que os guardas pararam e correu pela outra porta, sendo seguido por eles.

Agora que sabia como abrir uma porta, Pedro tateava as paredes a procura de alguma placa solta para que pudesse deslizá-la. Já quase sendo alcançado, conseguiu abrir uma por onde fugiu dos guardas. E o que não esperava aconteceu.

A porta era uma saída da nave, e Pedro encontrou uma rampa muito parecida com a que o levara até ali. Subiu correndo o mais que podia e de sua mente não saía a imagem de Júlio. Sabia que nada poderia fazer sozinho para ajudar o amigo. A melhor chance que tinha era encontrar Rugebom e pedir ajuda.

Correu pelo deserto com a certeza de que disso dependia sua vida. Procurou pela nave que o trouxera até ali, mas não a encontrou. Os guardas se aproximavam lentamente, certos que haviam vencido. Não havia para onde fugir, a toda volta só havia areia. Pedro, desolado, pensou na terrível morte que ele e Júlio teriam. Olhou para o pulso uma última vez e desejou intensamente estar em sua cama no abrigo.

Um forte clarão o cegou e, ao abrir os olhos, estava exatamente onde desejara.

CAPÍTULO 7

A ogiva nuclear

Molhado de suor, Pedro percebeu que o sol já estava alto e as outras camas vazias. Levantou-se devagar com a cabeça pesada, dividido por diferentes emoções. Se por um lado ainda estava preocupado com Júlio, imaginando que jamais se perdoaria se algo de ruim tivesse acontecido a ele, por outro estava aliviado por estar a salvo. Mesmo sem saber como havia feito isso. Vestiu-se e correu para o refeitório, mas Malva o encontrou no corredor.

— Onde é que você estava, menino? Estava te procurando.

— Eu... eu estava com dor de barriga — mentiu Pedro.

— Já está melhor?

— Estou sim, senhora.

— Vou pedir à Mariana para te fazer um chá de boldo.

Pedro odiava chá, mais ainda o de boldo, e torceu o nariz. Mas achou melhor concordar. Foi acompanhado de Malva até o refeitório. Desviou o olhar nervoso pelos lados a procura de Júlio, mas não o viu. Malva falava com Mariana sobre o chá, mas Pedro só pensava em Júlio preso e torturado pelos mintakianos. Precisava avisar a Rugebom o quanto antes.

Foi quando viu o amigo entrando no refeitório.

— Aqui, dona Malva. Seu Alfredo disse que está tudo aí — Júlio lhe entregou um envelope grande.

Pedro socou mais forte do que desejava o braço do amigo.

— Ai! Tá maluco?!

— Desculpa, Júlio. Me empolguei — Pedro respirou aliviado.

O amigo estava bem, aparentava calma e parecia não saber de nada. Pedro procurou acalmar-se também. Com Malva por perto, não daria para conversar. Somente na escola, na hora do recreio, poderiam se falar.

Lara já fazia parte daquelas conversas. Desde que souberam ser da mesma origem, não se desgrudavam mais. Os três, já que Júlio sabia de tudo. Pedro não escondia nada do amigo.

Assim que o sinal bateu, os três correram para a única área gramada da escola e se sentaram em um canto mais tranquilo, onde poderiam conversar sem serem surpreendidos por nenhum bisbilhoteiro. Pedro acabara de contar aos dois o sufoco pelo qual passara com os mintakianos. Júlio se assustou quando o amigo falou sobre a tortura.

— E você acreditou que eles estavam com o Júlio? — perguntou Lara.

— Claro! Você não acreditaria?

— Não sei. Acho que ia querer uma prova.

— Você está maluca? Mais prova ainda? Queria que eles me torturassem mais? — perguntou Júlio, indignado.

— Mas você não foi torturado, nem sequestrado. Você não está aqui? — disse Lara docemente, despenteando os cabelos de Júlio, na tentativa de acalmá-lo.

— Como é que você sabe que eu não estive lá? Podem ter me levado e depois me fizeram esquecer, ora essa — falou, ajeitando os cabelos.

— Deixa de bobagem, Júlio. Você deve é ter roncado a noite inteira, como sempre — falou Pedro, rindo com Lara do exagero do outro.

— Só não entendi uma coisa, Pedro — disse Lara. — Como conseguiu usar o Olho? Nunca soube usar o meu. Na verdade, nunca precisei. Thalía, minha guardiã, me disse que não existe uma fórmula, cada um encontrará sua própria maneira.

— Ainda não sei. Também nunca tinha usado — Pedro ficou pensativo.

— Ora, vocês não percebem? — perguntou Júlio com ares de sabedoria.

— O quê, Júlio? — perguntaram os dois ao mesmo tempo e se olhando surpresos.

— Você conseguiu que o Olho o protegesse toda vez que ficou muito nervoso. Quando você realmente precisou de ajuda, conseguiu. Lara, como ela mesma disse, nunca precisou.

— É mesmo Júlio. Você é um gênio! Mas ainda tenho muitas perguntas pra fazer a Rugebom — disse Pedro, levantando-se. O sinal já havia tocado há algum tempo e não havia mais ninguém no pátio.

— Estranho é que Thalía tinha me dito que o Olho protege os Medjais de ataques e coisas do tipo, como uma bolha. Mas nunca disse que ela queimava ou fazia qualquer outra coisa dessas que aconteceram com você — conjecturou Lara ao subirem as escadas em direção à próxima aula. Os três tiveram no que pensar o resto do dia.

Depois da escola, Pedro e Júlio tiveram aula de apoio com uma das senhoras voluntárias do abrigo. Aproveitando um momento sozinhos, Júlio começou, cauteloso:

— Sabe Pedro, estive pensando... Aquele cordão que Dona Malva vive mexendo, como se tentasse abrir o medalhão, não seria o seu cordão desaparecido?

— Sei lá, Júlio. Você já disse isso antes. Na verdade, eu também tenho pensado nisso. Mas por que ela ia fazer isso? É verdade que ela é chata, rabugenta e até mesmo malvada, mas acho que não é ladra.

— Talvez não. Mas ainda acho que ela pegou "emprestado". Com certeza, se você sair daqui algum dia, ela vai te entregar achando que você jamais desconfiará ser o mesmo que ela sempre usou. Deveríamos investigar.

Pedro deixou-se ficar pensativo.

O clima no abrigo estava tenso desde o dia em que Alfredo tentara conversar com todos no pátio para dar a triste notícia. Um boato se espalhava de que, se não encontrassem uma solução, Alfredo teria que separá-los e enviar um grupo de meninos para cada abrigo da cidade, pois não havia um que fosse grande o suficiente para todos.

Malva estava mais azeda do que nunca, castigando os garotos por qualquer coisa. Diziam até que, se não fosse por interferência de Alfredo, usaria castigos físicos, já que tinha afirmado mais de uma vez ser a favor de uma boa surra.

Doutor Coutinho quase não era mais visto por ali. Continuava visitando o abrigo, mas ficava pouquíssimo tempo e ainda chegava sempre carregando uma caixa de papelão, o que deixava os garotos curiosíssimos quanto ao seu conteúdo. Souza continuava prestativo, mas muito distraído. Jonas, preocupadíssimo com o futuro de seu emprego, vigiava mais do que nunca, gritava e esbravejava com os garotos o tempo todo.

Até Alfredo estava nervoso e já não tinha mais tempo para os conselhos amigos que sempre gostava de dar, durante descontraídas conversas. Somente Mariana parecia não se abalar; continuava doce e atenciosa como sempre.

Pedro se via dividido. Assim como os outros meninos, estava aflito com o futuro do abrigo, mas já se sentia livre pelos encontros que vinha tendo com Rugebom. Era como se vivesse entre dois mundos. Já não estranhava mais quando o chamavam de Arfat, até gostava e, mesmo não compreendendo ainda muito bem como é que ia sempre parar em cima do telhado do abrigo, não se preocupava mais com isso e desejava que acontecesse todas as noites.

Naquela noite, assim que todos dormiram, Pedro se viu sobre o telhado. Muito afoito, colocava as palavras para fora num fôlego só.

— Rugebom! Por onde você andou? Você não imagina o que me aconteceu... Os mintakianos me pegaram, me fizeram de prisioneiro, queriam saber os planos da missão. Me perguntaram uma porção de coisas que eu não sabia responder e, mesmo que soubesse, não responderia, é claro. O Olho me protegeu, não sei como, você precisava ver!

— Calma, Arfat! Eu já sei de tudo — disse Rugebom sorrindo e esperando até que Pedro recuperasse o fôlego. — Soube quase na mesma hora em que você foi capturado. Infelizmente, quando percebi já era tarde demais, você já havia saído com ele. Não sei como pôde ter me confundido, a imitação deles pode ser muito boa na parte física da coisa, mas no resto... não sei não. Eles não são muito amigáveis e falam muito pouco. Não notou nada mesmo?

— Eu estava ocupado demais. Falando — Pedro respondeu, sem graça.

— Não se preocupe mais com isso. Está tudo bem agora. — Rugebom garantiu, batendo de leve no ombro de Pedro.

— Mas ainda estou preocupado com uma coisa: eu falei pro mintakiano sobre a Lara, e ela agora está correndo perigo.

— Não tenho tanta certeza disso, Arfat. Se eles quisessem fazer alguma coisa contra ela, já o teriam feito.

— Não, eles não querem ser desmascarados, estão esperando o momento certo — com aquela garantia, Pedro foi se acalmando.

— Só ainda não entendi bem como o Olho me protegeu ou como foi que usei o seu poder. Lara me disse que ele não devia ter feito todas aquelas coisas.

Rugebom sorriu misteriosamente.

— O poder, na verdade, Arfat, é todo seu. Sempre esteve aí — e apontou para o coração de Pedro. — A confiança que você teve na proteção que o Olho lhe daria é que o fez usar o seu sétimo sentido, até então adormecido.

Pedro fez cara de espanto e perguntou:

— Sétimo sentido? O que é isso?

— Ninguém sabe ao certo. O que posso lhe dizer é que possuí-lo é a ambição de todos. Muitos de nossa raça já se perderam no passado, numa busca incessante por essa faculdade. Até hoje eu não tinha tomado conhecimento de ninguém que o possuísse. Agora você terá que tomar mais cuidado, pois os mintakianos vão se preparar ainda mais para a próxima vez.

— Próxima vez? — perguntou Pedro angustiado e em voz baixa, como se temesse que alguém o escutasse.

— Eles são incansáveis. Mas não se preocupe meu amigo, até lá você estará mais preparado.

Pedro, tentando afastar o mal-estar que a notícia lhe causara, tratou de mudar de assunto.

— É... Deixa isso pra lá, Rugebom. Mas me fala mais sobre esse meu sétimo sentido. Por que eu sou diferente dos outros?

— Isso eu não tenho como saber — Rugebom olhou para os lados, como que preocupado. — Mas vamos logo para a nave. Aqui não é um bom lugar para conversas deste tipo, há sempre a possibilidade de estarmos sendo observados.

Pedro sorriu, achando que Rugebom estava exagerando e foi ele mesmo quem, desta vez, ordenou o transporte para dentro da nave. Acomodaram-se em duas confortáveis poltronas redondas e translúcidas, e Rugebom acionou o piloto automático.

Ao mesmo tempo em que a nave se distanciava, uma sombra descia do telhado do abrigo.

Rugebom continuou sua explicação, para satisfazer a curiosidade de Pedro:

— O olho de Horus, Arfat, é composto por seis partes, que representam os seis sentidos conhecidos.

— Seis?! Isso é o que não entendo... Na escola, aprendi que são cinco: o tato, a visão, o olfato, o paladar e a audição — o garoto contava nos dedos.

— A ciência terrena, meu amigo, já está bem próxima de se dar conta de que o pensamento também é um sentido. O sexto sentido. Os antigos egípcios já sabiam disso. Mas quanto ao sétimo, nem os nossos cientistas sabem muito. Apenas que é espetacular.

— E você acha que foi isso o que aconteceu comigo? Que usei o meu sétimo sentido?

— Tenho absoluta certeza.

A nave chegou ao seu destino e desceu em uma mata do interior do Brasil. Rugebom desceu em seguida.

— Pensemos agora no trabalho. Nephos nos espera.

— Ah! Estamos indo pra Ayma? — perguntou Pedro mais tranquilo, reparando pela primeira vez onde estava.

— Sim, temos muito trabalho pela frente. Nephos disse que é chegado o momento de impedir uma gigantesca catástrofe que será causada por um acidente nuclear. O seus poderes chegaram na hora certa.

Eles pararam de conversar, pois chegaram à entrada da gruta. E mais uma vez foram recebidos pelo guardião que os cumprimentou com a cabeça. Seguiram pela trilha já conhecida de Pedro e foram direto para o observatório. Nephos os recebeu de braços abertos, com um forte abraço em cada um. Foi com emoção que falou a Pedro:

— Fico feliz em saber, meu caro Arfat, que despertastes para o poder da luz.

Pedro sorriu.

— Você sabia?

— Os alnilanianos podem prever o futuro — foi Rugebom quem respondeu.

— Uau! — exclamou Pedro. — Mas por que você não me disse nada, Nephos?

— Eu não poderia interferir no seu despertar. O que deve acontecer de modo natural. Agora que já está de posse de seu poder, vamos ao trabalho.

— Até agora ainda não sei como me livrei dos mintakianos — disse Pedro, apavorado só de pensar o que faria se acontecesse novamente.

Nephos sorriu e os encaminhou para a porta de saída do observatório. Já do lado de fora, apontou para um enorme prédio cor de tijolo que Pedro não tinha reparado da outra vez. Ficava do outro lado da cidade.

— É para lá que iremos agora.

Como a distância era uma pouco longa, foram num dos transportes coletivos de Ayma. Neles cabiam nove pessoas sentadas e ninguém viajava de pé. Eram arredondados, e os passageiros sentavam em círculos. Havia também os veículos de pequeno porte, usados para entrar e sair da cidade, mas que transitavam muito pouco por ali. Para se deslocarem por pequenas distâncias, todos usavam os coletivos, pois isso gerava ordem e economia de energia, segundo Nephos. Em Ayma, todos trabalhavam em prol de um único objetivo: o bem estar de todos.

Não foi preciso fazer sinal algum. Apenas se posicionaram de pé sobre uma faixa prateada, e o coletivo logo chegou, silencioso, pairando no ar rente ao chão. Já havia um homem sentado e Nephos sentou-se ao seu lado. Rugebom e Pedro sentaram-se próximo à porta. As paredes internas eram extremamente brancas e, no teto, havia algumas estranhas e enormes teclas coloridas que Pedro imaginou serem os controles. Só não entendia quem iria comandá-los, já que não havia condutor algum.

Sua curiosidade foi saciada quando Nephos apertou algumas delas, explicando que estava dando as coordenadas do local para onde iriam. A seguir, entraram em movimento. Um pouco mais adiante pararam de novo para que outras duas pessoas entrassem, e uma delas apertava as teclas nervosamente, sem conseguir acertar. Uma pequena porta se abriu quase derrubando Nephos para fora. Pedro, que até então vinha muito distraído, levantou-se num impulso, perguntou para onde o homem iria e teclou algumas vezes no teto, colocando o *aerobus* em movimento novamente e fechando a porta acidentalmente acionada. Sentou-se tranquilo e só se deu conta do que havia acabado de fazer quando viu Rugebom olhando para ele visivelmente espantado.

O coletivo parou e Nephos se levantou para sair. Pedro e Rugebom o seguiram, estavam agora em frente ao edifício cor de tijolo.

— Vamos entrar? — convidou Nephos.

A porta era automática e, num segundo, estavam lá dentro. Nephos virou-se para Pedro e explicou:

— Você vai conhecer o mestre Lott. Ele é um ancião muito sábio que conquistou esse título pelo muito que realizou em prol do nosso povo sem nada angariar para si mesmo. É ele o responsável pela missão que temos pela frente, a captura de ogivas nucleares e sua total aniquilação.

Eles chegavam agora à frente de um elevador, mas do lado de dentro Pedro percebeu que não havia botões, nem nada parecido. Nephos disse em voz alta:

— Lott!

E, quase que imediatamente, sem que nada sentissem ou ouvissem, para saber se subiram ou desceram, a porta se abriu. Estavam diante de um estranho jardim coberto, com plantas desconhecidas. Algumas flores lembravam girassóis, mas eram umas dez vezes maiores e de cor azul. Algumas árvores minúsculas estavam carregadas de frutas, proporcionais em tamanho. Por trás de uma planta, com estranhas folhas cintilantes em forma de estrelas, estava um homem com alguns instrumentos de jardinagem, mas que passariam facilmente por instrumentos cirúrgicos, cuidando de uma muda com extremo cuidado.

— Como vai, meu caro Lott? — perguntou Nephos.

Tranquilamente, como se já tivesse percebido que tinha convidados, o homem virou-se:

— Como vai, Nephos? E você, Rugebom?

Pedro achou estranho, pois Lott não se parecia em nada com um ancião. Era certo que não era jovem como ele e Rugebom, mas também não era um velho. Era muito parecido com Nephos e aparentavam ter a mesma idade. Mas talvez fosse pelo fato de não terem cabelo para ficarem brancos que não aparentassem a idade.

Todos sorriram e Lott falou:

— Nosso desenvolvimento físico não acontece como o dos homens terrenos, meu jovem. Nosso corpo não se deteriora facilmente. Mantemos sempre o vigor físico, não importa a idade que tivermos. Aqui a velhice não existe.

Pedro teve vergonha de seus pensamentos. Como foi se esquecer de que ali todos sabiam o que pensava? Mas Lott não lhe deu tempo de pensar em mais nada.

— Venha! Vamos dar uma volta. — Pedro o seguiu pelos fundos do jardim até o lado de fora do prédio, do lado oposto de onde haviam entrado. Nephos e Rugebom caminhavam um pouco mais afastados.

Havia ali um jardim totalmente descoberto. O céu não era mais o de Ayma, isto é, uma cobertura de terra avermelhada, e sim o céu comum, que o garoto via todos os dias na superfície terrena. O chão era coberto por uma grama azulada, salpicada de pontos prateados; os canteiros, que estavam por toda a parte, eram circundados por pedras preciosas em estado bruto. O ancião parou e, como se não percebesse o espanto de seu acompanhante, perguntou:

— Como se chama, meu jovem?

— Arfat! — respondeu Pedro, orgulhoso em pronunciar pela primeira vez o seu verdadeiro nome.

— Muito bem, Arfat, vamos dar um passeio — disse seriamente.

Caminharam um pouco. As plantas eram desconhecidas e um perfume suave envolvia o ar. Chegando ao centro do jardim, o ancião apontou para o céu e perguntou:

— O que vê, Arfat?

Pedro focalizou bem o céu e disse sem pensar muito:

— A lua e duas estrelas.

O ancião, com a calma que lhe era peculiar, esperou alguns minutos e perguntou novamente:

— E agora? O que vê, Arfat?

Estranhando a mesma pergunta, Pedro se concentrou dessa vez. E como se uma cortina se abrisse diante de seus olhos, dezenas de naves completamente imóveis apareceram uma a uma no céu. O ancião explicou:

— Estão aí há muito tempo, observando e cuidando do bem estar de todos, principalmente do meio ambiente. Essas naves se utilizam de um dispositivo que lhes permite ficar invisíveis aos olhos humanos. Isso porque não precisam nem querem chamar atenção. Poderiam causar um pânico desnecessário. Você só pode vê-las por ser de Orion. E, se não as tinha visto até então, era por estar olhando com os olhos terrenos, aos quais se acostumou desde muito cedo. Agora que está preparado pode vê-las. Algumas pessoas da Terra também podem. Mas lembre-se sempre de olhar para tudo com outros olhos, os verdadeiros olhos, os olhos da alma.

Pedro queria fazer mil perguntas, tinha muitas dúvidas na cabeça, mas o ancião não lhe deu tempo para formulá-las, continuando com os ensinamentos.

— Não se preocupe, pois o tempo é seu aliado e ainda há muito o que aprender. Suas dúvidas serão todas sanadas, cada qual em sua devida hora. Guardemos a curiosidade para depois. Por hora, temos tarefas importantes a realizar.

Nephos e Rugebom já os aguardavam do outro lado do jardim. Foram todos para uma sala de conferências muito simples onde algumas pessoas aguardavam sentadas. Lott passou as coordenadas do local para onde iriam e mais algumas importantes informações que, infelizmente, foram indecifráveis para Pedro. Seguiram para uma sala onde havia dezenas de tubos transparentes presos ao chão, de pé. Nephos, Rugebom e os outros entraram cada qual em um dos tubos, e Nephos fez sinal para que Pedro entrasse em um deles. Imediatamente foram desmaterializados para no momento seguinte materializarem-se em outro local, em alguma parte da superfície terrestre. Pedro sentiu apenas um leve comichão na barriga.

Um imenso carregamento de armas nucleares chegava a uma base secreta em algum lugar do mundo, que Pedro não pôde precisar e nem se deu ao trabalho de perguntar. Era um deserto com uma cadeia de montanhas ao fundo. Os enviados de Ayma estavam espalhados por toda a parte, e Pedro, Nephos e Rugebom, estavam em cima de um monte, de frente para as montanhas.

Um comboio de oito caminhões chegava lentamente, levantando poeira. Do outro lado da montanha havia uma encosta íngreme que teriam e de atravessar. Com certa dificuldade, os oito conseguiram subir, mas quando iam começar a descer, o último caminhão perdeu o controle dos freios e foi descendo rapidamente batendo no da frente. Com isso, foram, um a um, despencando lá de cima e seu destino seria uma enorme explosão nuclear que afetaria boa parte do planeta, causando centenas ou milhares de mortes.

Acontece que Pedro, ao ver que o primeiro caminhão caía levando os outros atrás de si, elevou os braços instintivamente como que para detê-los e, qual não foi sua surpresa, ao ver que de suas mãos saíam raios luminosos que foram criando à sua frente e acima do abismo uma enorme nuvem de energia. Esta não impediu a queda dos caminhões, mas ao iniciar-se a primeira explosão, iniciou ela também uma estranha chuva prata-esverdeada que cobriu toda a área. As explosões começaram e, ainda pequenas, eram detidas uma a uma, como se sugadas de volta. Aos poucos, tudo se acalmou.

Do alto da montanha, percebendo o que havia feito, Pedro sentiu-se útil e corajoso. Ainda com os braços estendidos, com medo de terminar com tamanho espetáculo, notou que seus olhos estavam marejados de lágrimas. Nephos bateu de leve em seu ombro, puxando-o para a realidade. Tinha no rosto um sorriso suave e emocionado.

— Vamos, Arfat, ainda temos muito que fazer. Precisamos esconder as evidências do acidente, para que ninguém mais seja capaz de encontrar essa carga perigosa. E ainda neutralizar toda a área, para que não ocorram vazamentos futuros.

— E como vai fazer isso?

— Com uma pequena ajudinha...

Foi aí que Pedro percebeu uma nave que já devia estar ali esperando por alguma ordem há algum tempo. Não havia notado sua presença antes porque ela tinha exatamente a mesma cor do céu e era difícil percebê-la.

Com um simples olhar, Nephos se comunicou com a nave que se posicionou acima do comboio. O que se viu no momento seguinte foi uma cena que Pedro comparou a de um filme de ficção científica. Os oito motoristas e seus companheiros flutuaram adormecidos por dentro de um túnel de luz em direção ao interior da espaçonave, desaparecendo a seguir. Quanto aos veículos, foram cobertos por raios luminosos vindos da nave, que fizeram com que todos os caminhões desaparecessem sobre a terra em apenas alguns minutos, como se estivessem sobre areia movediça. Pouco tempo depois, tudo estava como antes e ninguém poderia dizer que ali se encontrava enterrado um carregamento daqueles.

— Percebe, Arfat, todo o trabalho que temos para que esta humanidade não se autodestrua? Um abnegado trabalho de alguns poucos, que por amor a esta terra e a este povo vêm há milênios cuidando para que isto não aconteça. Agora vamos voltar, que nosso trabalho por aqui é chegado ao fim — concluiu Nephos.

A nave se posicionou agora acima deles, e a última coisa que Pedro viu foi uma luz forte que o envolveu. No instante seguinte, estava na sala de transporte de onde tinham partido antes. Saiu do tubo já fazendo um milhão de perguntas.

— Como foi que eu fiz aquilo, Nephos? Você já sabia que aquilo ia acontecer? Não entendo, toda vez que fico nervoso alguma coisa estranha acontece.

— Alguma coisa BOA e estranha acontece, não é mesmo? — corrigiu Nephos.

— É. Como é que pode? Não sei como faço isso!

— Acredito que Rugebom já tenha lhe explicado tudo, meu caro. Sua força é bem maior do que imagina. Mas ninguém sabe exatamente o que você é capaz de fazer e isso é muito bom, sinal de que os mintakianos também não sabem. E já devem temê-lo por isso. A descoberta de toda a sua potencialidade está apenas em suas mãos. Não se preocupe por hora com essas coisas, pois o conhecimento virá com o tempo. Você receberá todo o apoio e treinamento necessário para isso. Acredito que você já deve ter percebido que, toda vez que precisou, conseguiu usar o seu poder. Ele é inato e ninguém o tirará de você. Como já disse, o conhecimento de como utilizá-lo corretamente virá com o tempo.

Pedro esteve pensativo por algum tempo, depois perguntou:

— Mas por que, Nephos, nossos cientistas continuam criando essas coisas perigosas? Não sabem que fazem mal a eles também? Que podem acabar com o planeta?

— A ganância do homem terreno, Arfat, não tem fim. A eterna busca de poder e riqueza é o que importa para a grande maioria, infelizmente. Os danos causados ao meio ambiente são desastrosos e, muitas vezes, irreparáveis. Todos os dias, centenas de árvores são derrubadas no mundo, sem que sejam plantadas outras em seus lugares e, na maioria das vezes, não é para se utilizar de sua madeira, e sim para que dêem lugar a indústrias que irão poluir o ar e as águas dos rios. O que não percebem é que com esse desmatamento desmedido estão intoxicando a Terra aos poucos, e ela está adoecendo, precisando de cuidados imediatos, que não chegam nunca.

Pedro não tinha palavras, estava preocupado com o futuro do planeta.

— Não se preocupe, Arfat. Eles vão acordar e perceber o mal que fazem a si mesmos. Mas, por enquanto, temos que ajudá-los.

— E é o que vou fazer de agora em diante! — disse Pedro decidido, sentindo-se útil e verdadeiramente feliz, pela primeira vez na vida fora do futebol.

CAPÍTULO 8

Mensagem dos pais

As férias de julho chegaram, e os garotos sentiam muita falta de Lara. Já estavam acostumados com sua companhia, além de sua capacidade de sempre encontrar solução para tudo.

Em todo o mês que se passou, Pedro foi levado por Rugebom até um local secreto na floresta amazônica, onde recebeu treinamentos para aprender a lidar com seus poderes. Eram treinamentos de diversos tipos, mas, na maioria das vezes, era criado um mintakiano holográfico para que Pedro pudesse reagir às suas ações. Rugebom se revelou um grande treinador nessas horas, sabia muito bem como manter a calma e isso, dizia, era o que o garoto necessitava para se manter concentrado e aprender a controlar o Olho em seu pulso. Os outros Medjais também eram treinados no mesmo local, mas de forma diferente, o que era compreendido por todos. Pedro bem achou ter visto Lara olhando-o com orgulho umas duas ou três vezes. Os dois se viam rapidamente nesses treinamentos, amenizando um pouco a saudade. Assim, Pedro ficou sabendo que Lara treinava luta e defesa, o que muito o impressionou.

Naquela manhã, Pedro acordou feliz. Rugebom havia lhe dito na noite anterior que em poucos dias teria uma agradável surpresa. Por isso, não conseguia parar de pensar em que surpresa seria essa e já havia feito em sua mente uma série de cogitações. Por esse motivo, e pelo intenso treinamento de que vinha fazendo parte, o que o deixava com poucas horas de sono durante a noite, Pedro andava muito distraído e distante, procurando dormir durante o dia. Quase não tinha tempo para conversar com Júlio, que se aproximou mais de Thiago.

No abrigo, as coisas não iam bem. Os ânimos estavam à flor da pele, todos muito alarmados e receosos pelo que estava por vir. Alfredo tentava amenizar as coisas, e Malva estava insuportável.

Na tarde daquela quarta-feira, Júlio chegou afobado na sala de TV lotada e cumprimentou Thiago que estava sentado perto da porta.

— Oi, está vendo o quê? — perguntou displicente, seus olhos correndo por toda a sala. Estava claro que não estava ali para ver televisão.

— Um filme muito legal sobre uma garota que vive nas selvas. Puxa uma cadeira aí, começou ainda agora.

— Não. Eu já vi esse filme — Júlio já tinha achado o que procurava.

Pedro descansava esparramado em uma poltrona no outro canto da sala. Andava ainda mais cansado aqueles dias, porque desde que seu time havia vencido o Fera Radical, vinham treinando sem descanso para a final do campeonato do bairro, provavelmente contra o Tornado. Pedro tivera a confirmação de que Guto agora jogava por esse time e isso foi o suficiente para que decidisse se empenhar ao máximo.

— Rápido! Você precisa ver isso! — Júlio afobado puxava o braço de Pedro.

— O que é, Júlio? Estou cansado, me deixa quieto.

— Não! Você tem que vir — e como Mauro já olhava curioso e mais alguns garotos esticavam o pescoço para ouvir, Júlio cochichou no ouvido do amigo:

— É que o Doutor Coutinho acaba de chegar com mais uma caixa enorme.

Pedro parou de olhar o filme e deu atenção a Júlio.

— E daí? Vai fazer o quê? Acha que ele vai confessar todos os seus crimes, assim, sem mais nem menos?

— Não. Vamos segui-lo. Já tenho tudo planejado.

Pedro, sem muito ânimo para discutir, seguiu o amigo até a enfermaria. Júlio parecia estar adorando e sentindo-se o próprio Sherlock Homes, pois se esgueirava pelos corredores como uma cobra, com o corpo quase se esfregando nas paredes, os olhos vidrados, a cabeça nervosamente virando de um lado para o outro para ter certeza de que não estavam sendo seguidos. Pedro, que estava achando aquilo tudo uma tremenda perda de tempo, se arrastava calmamente atrás dele. Só não ria da situação por estar cansado demais até para sorrir.

— Que é isso, Pedro? Porque está andando desse jeito? Quer que todo mundo veja a gente? — sussurrou Júlio, parando de repente sem avisar e fazendo com que Pedro desse uma trombada nele.

— Droga, Júlio! Deixa de palhaçada e vê se anda direito! — Pedro falou num tom mais alto do que o de costume.

— Palhaçada?! Não vê que estamos em uma missão importante? E vê se fala mais baixo — cochichou Júlio, olhando nervosamente de um lado para o outro do corredor.

Dessa vez, Pedro não conseguiu segurar o riso. Missão importante... Se aquilo era missão importante então, as que vinha participando eram o quê? Mas não disse nada. Já estavam na metade do caminho quando viram o Doutor Coutinho carregando uma caixa grande que parecia bem pesada. A curiosidade de Júlio aumentou ainda mais, e Pedro precisou aceitar que também estava curioso.

Atrasaram mais o passo para que o médico não os reparasse. Chegaram em frente à porta da enfermaria e pararam sem saber o que fazer. Foi quando ouviram um barulho que vinha lá de dentro e correram para se esconder no banheiro em frente. Só ficaram tranquilos quando o ouviram sair, virar o outro corredor e sumir de vista. Nesse momento, ouviram outro barulho que vinha de dentro do banheiro e olharam assustados um para o outro. Júlio verificou por baixo de todas as portas, mas não viu ninguém.

— Não foi nada, alguma tampa de vaso que caiu — disse Júlio, colocando a cabeça para fora do banheiro para se certificar de que não havia ninguém lá fora.

Os dois saíram do banheiro para continuar a investigação. Se Júlio tivesse esperado mais um pouco, talvez tivesse visto alguém que, encolhido sobre um vaso sanitário, abaixava os pés aliviado.

— E então? Qual é o seu plano agora? — perguntou Pedro já de volta ao corredor.

— Vamos entrar e olhar o que tem na caixa.

— Belo plano! E o papo de "já tenho tudo planejado"?

— Deixa disso e vem! — disse Júlio, puxando-o pelo braço.

Os dois entraram cuidadosamente na enfermaria que estava vazia. A enorme caixa de papelão chamava a atenção de cima de um armário. Pedro, tomando a iniciativa, arrastou uma cadeira para perto do armário e subiu.

— Vamos acabar logo com isso! Ei, chega para lá! Não vê que não dá pra dois? — Pedro deu uma cotovelada em Júlio que subia atrás dele.

Empoleiravam-se em uma cadeira que mal dava para um. O armário era muito alto e a cadeira não tinha altura suficiente para que eles conseguissem alcançar a caixa. Mesmo na ponta dos pés, o máximo que conseguiram foi encostar os dedos na caixa e sacudi-la um pouco. Estava muito bem lacrada com fita adesiva e não seria nada fácil descobrir o que havia lá dentro.

— O que vocês estão aprontando, hein? — era Thiago que os tinha seguido até ali. Pedro e Júlio levaram um susto tão grande que perderam o equilíbrio e despencaram lá de cima, levando Thiago junto.

Os três olharam para cima e viram a caixa balançando. Com a queda, o armário também tinha sido sacudido e alguns vidros caiam lá dentro. Não faltava muito para a caixa cair e Júlio estava radiante por finalmente solucionar aquele mistério. Malva entrou nesse exato momento e viu aquela cena: Thiago caído de barriga para cima, de pernas e braços abertos, Júlio com as pernas na barriga dele e Pedro ao lado dos dois, com o corpo torcido e gemendo de dor.

— O que significa isto? — perguntou, no tom autoritário de sempre.

Os garotos não tiravam os olhos do armário e foi com horror que descobriram que a caixa não iria cair, pelo contrário, já estava firme e nem balançava mais. Viram as portas do armário se abrirem deixando à mostra uma enorme bagunça, com tudo fora do lugar e uma porção de vidros de remédios quebrados e derramados. Tanto barulho por nada. Malva não estava nem um pouco contente com aquilo, gritou feito louca por alguns momentos que pareceram intermináveis, chamando a atenção de todo o abrigo.

— SERÁ QUE VOCÊS NÃO PODEM ME DAR NEM UM MINUTO DE PAZ? JÁ NÃO TEMOS PROBLEMAS DEMAIS? O QUE VOCÊS PENSAM DA VIDA, PELO AMOR DE DEUS?

O Doutor Coutinho foi uns dos primeiros a chegar, seguido de Jonas, Souza e todos os outros que couberam no estreito corredor. Os três se recompuseram silenciosamente. Júlio colocou a cadeira no lugar de cabeça baixa, os olhares de todos eram para ele e o silêncio que reinava no local era assustador. Malva, com voz bem firme, disse secamente:

— Sigam-me!

Os três a seguiram para a sala da direção onde escutaram um sermão sobre responsabilidade. Por sorte, ela estava tão aborrecida que nem se lembrou de perguntar o que estavam fazendo lá sozinhos, mexendo no armário de remédios.

— O que vocês pensam da vida? Não sabem que nosso orçamento está curto? Fazem ideia de quanto vai custar para repormos todos aqueles medicamentos? Esqueceram que estamos passando por dificuldades? Que o abrigo está prestes a ser desativado e não teremos para onde ir? Não pensem que os órfãos são só vocês, eu e meu irmão dedicamos toda uma vida a esta instituição e nem sequer temos um lar, vivemos aqui há muitos anos. Na verdade, temos um lar sim, e está correndo sérios riscos de ser transformado em shopping center. O que vocês têm na cabeça? — gritou. — Vocês não são mais bebezinhos, já deveriam entender certas coisas...

— Malva, pode deixá-los comigo agora! — disse Alfredo que entrava naquele momento. Muito a contragosto ela saiu, batendo a porta atrás de si.

— Garotos, não vou lhes dar mais nenhum sermão. Acho que já tiveram o suficiente por hoje — começou Alfredo, e os três respiraram aliviados. — Mas vocês sabem que tiveram total responsabilidade no que aconteceu e que não poderá ficar por isso mesmo, não sabem?

— Sim, senhor — sussurraram os três ao mesmo tempo, de cabeça baixa.

— Bom, então já que estamos de acordo, as coordenadas de agora serão as seguintes: nada de salão de jogos ou de televisão por uma semana, e como já devem ter percebido, nosso pátio precisa ser varrido todos os dias, e essa será sua responsabilidade nos próximos sete dias. E isso vale para os três — Alfredo levantou-se e segurou a maçaneta da porta.

— Ah! E só não irão ajudar o Jonas com a limpeza da enfermaria porque poderia ser perigoso. Mas os banheiros bem que estão precisando ser lavados. Quero os três de volta ao dormitório agora mesmo. E fiquem lá até eu mandar chamá-los. Estamos conversados?

Alfredo abriu a porta e fez sinal com a cabeça para que os três saíssem. Júlio, assim que saiu das vistas de Alfredo, perguntou a Thiago:

— Era você no banheiro, não é? Como foi que não desconfiei?

— É... Eu suspeitei que tinha alguma coisa errada e segui vocês. Subi no vaso com medo que me achassem e acabei fazendo um barulhão.

— Seu fuxiqueiro! Agora vamos ter até que lavar banheiro por sua culpa.

— Deixa disso, Júlio! — insistiu Pedro. — A culpa é toda sua, que inventou essa história toda. Cheio de si, como se estivesse numa grande missão.

Julio estava surpreso com aquele comentário. E também um pouco magoado.

— É, Pedro. Só quem participa de grandes missões é você. O todo-poderoso. — grunhiu Júlio, possesso de raiva.

— Não foi isso que eu quis dizer.

— Foi sim! Você agora acha que é melhor do que eu!

— Deixa de palhaçada, Júlio! Você sabe que não é verdade.

— Do que vocês estão falando? — perguntou Thiago, aflito.

— Nada que te interesse! — vociferou Pedro, nervoso.

— E não fala assim, com o meu amigo! — defendeu Júlio. — Você é que está todo cheio de si agora e não liga mais pra nada aqui da Terra...

— Da Terra?! Vocês estão malucos? — Thiago coçava a cabeça, sem entender.

— Esqueceu até que tem amigo — continuou Júlio, num sussurro, os olhos voltados para o lado.

Preocupado com o rumo que a discussão tomava e com a presença de Thiago, Pedro conciliou.

— Deixa isso pra lá, Júlio. Não vai resolver nada agora.

— Não vai resolver nada mesmo. Melhor você ficar com seus segredos pra você e me deixar em paz.

— Se é o que você quer...

— É — disse Júlio secamente, cruzando os braços.

— Então tá — finalizou Pedro, apertando o passo rumo ao dormitório, com Júlio ao lado, ambos agora mudos.

— Ah, não! Deixa pra lá, nada — reclamava Thiago, enquanto apertava o passo para alcançá-los. — Vocês têm que me explicar alguma coisa.

— Esquece, Thiago! — gritaram Pedro e Júlio ao mesmo tempo. Decididos a se enfiar debaixo do cobertor assim que chegassem ao quarto.

Curiosamente, nem Malva nem Alfredo cogitaram o motivo pelo qual os três criaram aquela confusão. Ultimamente a maior preocupação dos dois era com o futuro incerto do abrigo. Alfredo saía todos os dias para tentar encontrar alguma solução para aquele problema; diziam que ia se encontrar com amigos influentes, advogados e políticos, mas não estavam conseguindo nada. Todos os funcionários estavam igualmente preocupados, afinal o emprego de todos corria sérios riscos.

Aquela foi uma semana difícil para os garotos, com muito trabalho suado e ainda mais dificultado pelo deboche dos outros garotos em seus ouvidos. Eram vigiados o tempo todo por Jonas, que se preocupava com que seu trabalho fosse bem feito. Mas o mais desagradável para Pedro era que Júlio continuava sem falar com ele. Thiago ainda tentou reconciliá-los uma ou duas vezes, mas desistiu quando viu que nada surtia efeito com Júlio.

Pedro sentia-se mais só do que nunca. Por mais que tivesse os treinamentos com Rugebom, sentia que seu lar sempre fora o abrigo e Júlio era sua família. Já era bem ruim estarem de férias e só ver Lara de longe e muito rápido. Mas também não tinha vontade de tentar uma reconciliação com Júlio. Achava que era o amigo quem tinha que dar o primeiro passo.

Foi só no final da semana, quando estavam varrendo o pátio, que Alfredo os liberou do castigo.

— Tudo bem garotos, acabaram as tarefas. Podem ir ao jogo, vou com vocês. Mas juízo, hein! Chega de confusão.

No campo de uma das escolas do bairro, os outros garotos já se ajeitavam na arquibancada improvisada. Seria o penúltimo jogo do campeonato. Todos já contavam com o Tornado na final, mas Pedro torcia para que eles perdessem e não conseguissem. Guto fez o que podia e, principalmente, o que não podia, para vencer o jogo. Deu cotoveladas, chutes e ponta-pés até nos jogadores de seu próprio time. Foi o jogo mais violento do Tornado, de todos os tempos. Nem mesmo um cartão amarelo fez Guto parar e Pedro, que assistia a tudo, não via a hora da final para acabar com a felicidade de Guto. O certo é que o Tornado venceu e foi para a final.

Poucas noites depois, Pedro e Rugebom se encontravam na nave. Outros Medjais estavam reunidos junto aos seus respectivos guardiões, inclusive Lara, que correu para falar com o amigo.

— Oi, Pedro! Que bom que você veio! Nos treinamentos nunca dá tempo de conversar.

— Também não vejo a hora das férias acabarem.

— Sinto muito, Lara. Mas vocês terão que deixar a conversa para depois.

Dizendo isso, Rugebom levou Pedro até uma outra sala onde lhe disse estar desconfiado de que havia algum mintakiano infiltrado no abrigo ou na escola, se não nos dois, e que precisava tomar bastante cuidado. Mas nem tudo era má notícia. Como não era de fazer rodeios, Rugebom falou:

— Não vou te fazer esperar mais, Arfat. A surpresa que te prometi é uma mensagem de seus pais.

Foi grande a emoção do garoto e, mesmo que tentasse, não era possível disfarçar. Rugebom lhe deu um pequeno disco de cristal translúcido. Pedro o examinou atentamente sem saber o que fazer.

— O que é isso? Um tipo de DVD? Tem uma gravação aqui? — perguntou esperançoso.

— Melhor. Vocês chamam de realidade virtual. É uma mensagem gravada em terceira dimensão. Venha, vou mostrar.

Foram os dois para uma grande sala onde havia diversas cabines que Pedro descobriu serem à prova de som. Em cada uma delas, havia pelo menos um Medjai. Alguns estavam sozinhos, outros com seus guardiões. Rugebom abriu a porta de uma delas e, pegando o disco da mão de Pedro, o levou em direção a uma pirâmide de pedra verde e translúcida de cerca de um metro de altura, que se encontrava no centro da cabine, partindo do chão. Não havia mais nada lá dentro, só a pirâmide. Pedro pensou em como Rugebom iria conseguir equilibrar aquele disquinho na ponta da pirâmide, mas não demorou muito para descobrir que não seria necessário. O disco, ao se aproximar da ponta da pirâmide, foi sugado por uma força que o colocou centralizado, flutuando alguns centímetros acima dela.

— Pronto, está conectado. Agora passe o Olho sobre o disco. Mas sem tocá-lo.

Pedro fez como indicado e ouviu uma voz feminina que disse:

— Identificação aceita. Mensagem para Arfat. Do comandante Shenan e da navegadora Shannyn, da Frota Estelar de Orion.

Então um jato de luz suave, verde como a pirâmide, saiu de sua ponta atravessando o disco de cristal e espalhando raios de diversas cores por toda a cabine. Esses raios foram se fechando até surgir a imagem de Shenan e Shannyn em terceira dimensão, à frente de Pedro. A impressão é de que se poderia tocá-los, como se eles estivessem realmente ali, tamanha a nitidez da imagem. Usavam ambos uma túnica branca com um tipo de manto azul.

— Olá, Arfat. Como vai, meu filho? — Shenan o cumprimentou.

Pedro estava emocionado. Era a primeira vez que via seus pais já sabendo quem eles eram. Da primeira vez em que se encontraram, estava muito assustado e confuso. Não conseguiu responder, a voz não saía. Shannyn continuou:

— Olá, meu querido. Sei que sua jornada na Terra não está sendo fácil, mas em breve estaremos juntos novamente. Tenha coragem e muita fé. Estamos sempre ao seu lado e acompanhamos cada passo seu.

— O cerco está se fechando, Arfat — era seu pai quem falava. — Tenha muito cuidado. Decidimos enviar esta mensagem porque é de nosso conhecimento que os mintakianos estão organizando um grande ataque. Não sabemos onde nem como. O que sabemos é que eles certamente têm um local de encontro que precisa ser descoberto e destruído. A vantagem é que eles são em menor número.

— O que eu faço? — Pedro perguntou quase para si mesmo e se espantou ao receber a resposta vinda de uma mensagem já gravada.

— Em primeiro lugar, descobrir o esconderijo e ter muito cuidado com as pessoas à sua volta. Não passe essa informação para ninguém. Qualquer um pode ser um mintakiano.

— E se eu encontrar um deles? O que faço?

— Você não deve ir sozinho ao seu encontro. Primeiro avise Rugebom. Todos os Medjais serão avisados do perigo. Haverá uma grande batalha, mas você está preparado. Use o olho de Horus e os conhecimentos ganhos nos treinamentos que vem tendo ultimamente.

— Adeus, meu filho. Em breve, nos encontraremos novamente — Era Shannyn quem falava deixando uma lágrima cair.

A mensagem finalizou e a imagem desapareceu imediatamente. Pedro precisou de alguns minutos para se recompor.

— E agora, Rugebom? O que a gente vai fazer?

— Você ouviu os seus pais, descobrir o esconderijo deles e detê-los — Rugebom retirava o disco da pirâmide.

— Acontece que não tenho a mínima ideia de como fazer isso.

— Será mais fácil se conseguirmos descobrir a identidade de algum mintakiano e segui-lo — respondeu Rugebom.

— Isso está ficando cada vez mais difícil.

— Paciência. Logo encontraremos uma solução — disse, abrindo a porta e saindo.

Após uma longa reunião com os outros Medjais que estavam na nave, onde explicou todos os procedimentos a serem tomados em caso de ataque, Rugebom deixou Pedro no abrigo.

— Tente descobrir alguma coisa aqui. Verei o que posso fazer de minha parte. Por enquanto não comente nada com Júlio, pode ser perigoso — Pedro sabia que não precisava se preocupar com isso, já que Júlio não falava mais com ele. Mas não quis preocupar Rugebom e não disse nada.

Naquela noite, Pedro não conseguiu dormir, preocupado. Ficou sentado na cama, olhando para o céu estrelado através da janela. Pensava em seus pais. Sentia um misto de medo pelo que teria que enfrentar e felicidade por poder voltar ao seu planeta com eles, se os mintakianos fossem derrotados. Não sentia medo disso, pois teria muitos amigos lá, como Rugebom, Lara e sua guardiã Thalía. Pensou em Júlio. Com certeza, seus pais não se importariam se o levasse também. Mas será que ele iria? E olhou para a parte de cima do beliche, onde Júlio dormia pesadamente. Podia ouvi-lo roncando e assobiando. *Claro que sim!*, pensou, e adormeceu tranquilo.

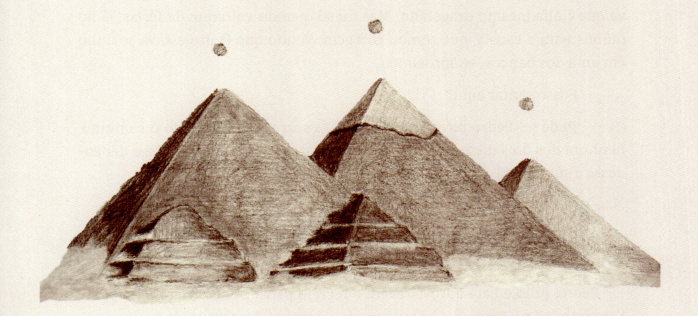

CAPÍTULO 9

O Medalhão

Júlio havia tentado se desculpar com Pedro algumas vezes, mas perdeu a coragem em todas elas. Também sentia muita falta do amigo e achava que tinha mesmo exagerado. Mas foi só quando voltaram de férias, já no ônibus para a escola, que tomou coragem. Vendo que Pedro estava sozinho em uma dos bancos, se aproximou.

— Posso sentar aqui?

— Pode — Pedro refreou a vontade de sorrir. Durante todo o caminho, nenhum dos dois disse nada. Júlio segurava o material como se disso dependesse a sua vida.

— Me desculpa? — perguntou Júlio, ao levantar.

— Claro! — Pedro sorriu contente e respirou aliviado enquanto andava atrás de Júlio para descer. Não foi preciso que nenhum dos dois dissesse mais nada.

Pedro, Júlio e Lara aproveitavam o recreio para se encontrarem no pátio. Sentaram-se no gramado, aproveitando a sombra de uma amendoeira e comendo os biscoitos com achocolatado, distribuídos como merenda.

— Sabiam que eu tenho tido a estranha sensação de que tem sempre alguém me seguindo, aqui na escola e no abrigo? — disse Pedro em voz baixa.

— Será que é um mintakiano? — perguntou Lara, preocupada.

— Não sei, Lara, talvez. É só um palpite. Pode ser só a minha imaginação.

— Acho que devemos ter mais cuidado daqui pra frente. Lembre-se do que eles são capazes — Júlio estremeceu só de se lembrar da sua suposta tortura. — E se eles estiverem mesmo te seguindo, já sabem que a Lara também é uma Escolhida. E, pelo que já pude perceber, eles também não gostam nem um pouquinho de mim. Todos corremos perigo.

— É mesmo. Precisamos ter mais cuidado. Foi uma loucura o que vocês dois fizeram na enfermaria do abrigo — censurou Lara.

Pedro achou melhor não dizer nada dessa vez. Júlio replicou:

— Eu tenho certeza de que ele esconde alguma coisa naquelas caixas, quem sabe não é ele que anda te espionando?

Pedro pensou que podia mesmo ser possível, até que o doutor Coutinho era meio estranho.

— É, pode ser. Melhor ficarmos mesmo de olho.

Pedro estava preocupado, ainda mais com um ataque eminente. Mas não podia falar sobre isso ali. Podiam ser ouvidos. O sinal tocou para recomeçar as aulas, e Pedro ajudou Lara a se levantar e os cabelos dela roçaram de leve sobre o seu rosto. Ele reparou como cheiravam bem. Ao subirem as escadas, logo se separaram porque Lara teria aula do outro lado do corredor.

— Tchau, Lara. Te vejo depois — acenou Pedro, sorridente. Ela parou na entrada da sala, sorriu e respondeu antes de entrar.

— Até daqui há pouco.

— Ah! O amor é lindo! — suspirou Júlio assim que ela fechou a porta. Mas Pedro lhe lançou um olhar tão terrível que ele teve medo de ter ativado seus poderes e ser torrado por um raio chamuscante ou algo do tipo.

Júlio se calou. Eles iam retomar o seu caminho até a sala mas não tiveram tempo de dar nenhum passo pois Guto, mal-encarado como sempre, surgiu no caminho dos dois, socando a mão esquerda repetidamente como se quisesse briga. Os dois amigos aguardaram.

— E aí, Pedro? Animado pra final? — debochou Guto com sua voz desagradável.

— Pode ir se preparando, Guto.

— Vai ser preciso mais que um perna de pau como você, pra me ganhar.

O sangue de Pedro pareceu ferver, e ele fez menção de esmurrá-lo.

— Não vale à pena, Pedro — Júlio se intrometeu, segurando o amigo bem a tempo e puxando-o pelo longo corredor em direção à sala de aula.

Guto, parado às suas costas, continuou provocativo, de olhos faiscantes.

— Vai, covardão! Deixa o seu amiguinho te proteger.

Naquela tarde, Júlio e Thiago encontraram Pedro na sala de TV. Foi Júlio quem falou:

— Pedro, a gente tem que dar um jeito de ajudar o Seu Alfredo a salvar o abrigo.

— Mas como, Júlio? — Pedro se espreguiçou, se ajeitando na poltrona.

— Eu tive uma ideia — comemorou Júlio, explicando os detalhes aos amigos.

— Mas é perigoso, Júlio. A gente pode se dar muito mal. E você, Thiago, está achando uma boa ideia?

— Acho que é a única que a gente tem. Quem sabe, Pedro, pode dar certo.

— Tem que dar! — exclamou Júlio.

Os três iniciaram o plano assim que acabou o jantar. Aproveitando uma distração de Jonas, pegaram a chave do portão e assim que se viram na rua, correram o mais rápido que conseguiram.

No dia seguinte, à tarde, Jonas seguia apressado pelo corredor do abrigo em direção ao terceiro andar.

— Dona Malva mandou te chamar — Jonas cutucou a perna de Pedro que cochilava no salão de jogos.

— Hã? O quê? — Pedro se ajeitou na poltrona, esfregando os olhos.

— Dona Malva mandou te chamar — repetiu Jonas, sem paciência. — Vem, logo!

— Q...quem, e...eu? — bocejou Pedro, ainda dormindo.

— Não, a minha mãe — alguns garotos riram e Pedro despertou de vez, levantando-se e indo para a sala de Malva. Jonas o acompanhou para ter certeza de que ele iria para lá.

Pedro estava nervoso. E se ela tivesse descoberto alguma coisa do que ele, Júlio e Thiago tinham aprontado? Tomando coragem, bateu na porta, mas ninguém respondeu. Como estava aberta, resolveu entrar, mas parou assim que ouviu a voz de Malva que vinha da outra sala. Resolveu ficar ali e ouvir a conversa.

— Eu acho que você se precipitou chamando o menino, Alfredo.

— Malva, você está fazendo o que é certo.

— Mas, Alfredo, como posso olhar para o menino e dizer que o cordão que sempre uso, na verdade pertence a ele? — Pedro quase caiu para trás. Será que ouvira direito? Então Júlio estava certo, o medalhão que Dona Malva usava era mesmo o seu? Apurou os ouvidos para ouvir melhor.

— Você errou Malva, devia ter pensado melhor antes de se apoderar de algo que não lhe pertencia. Mas entendo que não fez por mal. Ele é um bom menino, irá entender.

— Não sei, não sei — a voz da diretora parecia nervosa.

— O abrigo pode fechar a qualquer momento, e ele merece ter acesso ao seu único bem.

— Mas...

— Boa sorte, Malva! — decidido, Alfredo deixou a sala.

Pedro ouviu passos e achou melhor se esconder até que Alfredo saísse. Abaixou-se atrás de uma das mesas e esperou. Como Malva continuasse lá dentro, achou melhor esperar mais alguns minutos para não dar na vista que havia ouvido a conversa entre os dois. Só quando teve certeza de que estava tudo calmo é que se levantou e bateu levemente na porta do outro escritório já tão seu conhecido.

— Entre, por favor — ela o convidou, com voz fraca.

Pedro entrou devagar, um pouco tímido e tentando disfarçar que já sabia o que ela ia dizer. A sala estava na penumbra. Malva estava sentada de costas, de olhar perdido para fora. Já começava a anoitecer, e a luz difusa que entrava pela janela refletia estranhamente em seus cabelos grisalhos.

Pedro ficou sem acreditar no que estava para acontecer, finalmente receberia seu medalhão de volta. Esperou um pouco, sem coragem de se pronunciar, a euforia crescendo dentro dele. A diretora se virou lentamente, como se passasse por um suplício. Olhou-o nos olhos e disse:

— Olá, Pedro — ela recebeu um aceno de cabeça como resposta. — Como você sabe, estamos em vias de desativar o abrigo, não vemos outra alternativa, infelizmente. — Malva parecia realmente sentida com isso. — Por esse motivo, decidimos chamá-lo até aqui.

— Por quê? Tem alguma coisa que eu possa fazer? — antes mesmo de terminar a frase já estava arrependido de falar sem pensar, mas já era tarde. Malva não era muito simpática quando se intrometiam em seus assuntos e, para ela, qualquer assunto era assunto só dela.

— Claro que não, menino, deixe de bobagens! Vocês pensam que isso é uma brincadeira de crianças, não conseguem entender a seriedade da situação. Você tem doze anos, Pedro, não é mais um bebezinho. Já era hora de entender as coisas.

Doze anos?! Ora essa! Ela sabia muito bem que ele já tinha treze, foi ela quem o registrou, e ele não acreditava que com um ano e dois dias de idade aparentasse ser um recém-nascido. Teve vontade de dizer uma porção de coisas que estavam entaladas há séculos, mas achou melhor calar-se, do contrário, não teria outra chance de reaver o medalhão.

Ela parecia querer terminar logo com aquilo, pois não reclamou de mais nada e procurou se acalmar servindo-se da cafeteira fumegante ao seu lado, tomando uma xícara de café sem açúcar. *Amargo como ela*, pensou Pedro.

— Pois bem, *senhor* Pedro Nascimento — disse, pousando a xícara sobre a mesa. — Eu o chamei aqui porque quero lhe entregar algo que lhe pertence e que esteve muito bem guardado comigo por todos esses anos.

Ela calou-se por alguns instantes como se esperasse para ver a reação que causara. Pedro achou melhor continuar calado, fazendo cara de curioso para que ela continuasse.

— Quando você chegou a este abrigo, trazia com você este cordão — disse, abrindo uma gaveta e tirando o medalhão que cintilou aos olhos de Pedro. — Só não o entreguei antes porque achei que os outros meninos teriam inveja. Hoje, cheguei a conclusão de que isso é bobagem e que você já tem idade suficiente para começar a ter certas responsabilidades. Além do mais, logo teremos que nos separar e é melhor que você esteja com seus pertences à mão.

Pedro sabia que ela só estava entregando o medalhão porque Alfredo a obrigara, mas não disse nada. Estendeu a mão, para pegar o colar, mas Malva o puxou para perto do peito como se quisesse protegê-lo e, ignorando a mão de Pedro estendida, falou:

— Se você quiser, podemos continuar guardando para você.

— Não, obrigado, Dona Malva.

— Ele não abre, já tentamos. Supomos que haveria uma foto de seus pais, mas nunca conseguimos abrir para conferir, e acho que é impossível agora que está velho — ela olhava fixamente para o medalhão.

— Obrigado, Dona Malva — Pedro queria acabar com aquilo o mais rápido possível.

Ela finalmente o estendeu a Pedro que, sem pensar, tonto de tanta felicidade, esticou a mão direita espalmada, completamente desprotegida, para pegá-lo. Malva arregalou os olhos quando viu o olho de Horus e segurou firme o pulso de Pedro.

— O que significa isso? — exclamou irritada, com as ventas abrindo e fechando. O pulso de Pedro latejava com a força que ela colocava naquele aperto.

Pedro puxou a mão rapidamente e a colocou bem junto à perna direita.

— Vá já tirar isso, você sabe que não gosto dessas novidades aqui no abrigo. Tome! — disse, entregando o medalhão. — E vá se lavar imediatamente! Imagine! Tatuagens...

— S...Sim, senhora — sussurrou Pedro.

Com as pernas ainda tremendo, o rosto suado e a boca seca, Pedro saiu da sala com seu medalhão na mão, pesando como chumbo e imaginando onde poderia encontrar Júlio. Nem se preocupou com o que Malva estaria pensando sobre o olho de Horus.

Andou feito um zumbi pelos corredores e escadas, com o olhar perdido no infinito; teve que passar por cada um dos cômodos do abrigo até achar Júlio no dormitório, sentado na cama de Pedro de pernas cruzadas com um livro no colo que lia enquanto comia biscoitos que tirava de um pequeno saco plástico ao seu lado.

— Júlio! Até que enfim te achei! Você não vai acreditar no que Dona Malva acabou de fazer.

— E por que eu estaria interessado no que aquela bruaca anda fazendo? — perguntou, enchendo a boca com mais três biscoitos de uma vez.

— Porque ela me entregou o medalhão.

— O quê?! — Júlio se engasgou e Pedro correu para lhe dar uns tapas nas costas.

Pedro então abriu a mão, olhando para o medalhão pela primeira vez na vida. Júlio chegou mais perto, curioso. A grossa corrente de ouro caía por entre os dedos de Pedro. O medalhão reluzia e era grande, tinha uns quatro centímetros de diâmetro. O metal era trabalhado, com o olho de Horus em alto relevo. Na parte de baixo, havia uma inscrição com símbolos desconhecidos.

— O que será que está escrito aí? — perguntou Júlio, com o nariz quase encostando no medalhão. Pedro empurrou a cabeça do amigo devagar. — Será que tem uma foto dos seus pais aí dentro?

— Não sei se tem uma foto, mas espero que sim. E quanto ao que está escrito, não tenho a mínima ideia.

— Você vai esperar pro Rugebom abrir?

— Claro que não! Só se eu não conseguir, mas duvido. Acho que é pra ser aberto somente por mim, por isso ela não conseguiu — disse, forçando a lateral sem conseguir abrir.

— É, faz sentido, mas pelo visto nem você está conseguindo. Me dá aqui. — disse Júlio tirando o medalhão da mão de Pedro e tentando abri-lo apoiando-o no peito. Fazia tanta força que mordia a boca.

Os dois tentaram exaustivamente abrir o medalhão, de todas as formas possíveis, por mais de uma hora seguida, mas nada conseguiram. Pedro lembrou-se das portas que separavam os compartimentos das naves espaciais e que era só ordenar para que se abrissem.

— Abra! — arriscou, mas nada aconteceu. Tentou então todos os comandos que conhecia: — Abrir! Mostre-se! Revele-se! Funcione! Faça alguma coisa!

— Não tem jeito, Pedro. Você vai ter que perguntar pra ele.

— Que droga! Talvez esteja emperrada, por ter passado tanto tempo fechada.

— É, deve ser. Vamos mostrar para a Lara amanhã, quem sabe ela não tem uma ideia melhor? — Pedro assentiu com a cabeça.

Infelizmente tiveram mesmo que deixar o medalhão para depois. O sinal já tinha tocado há uns quinze minutos para irem jantar e Malva não gostava nem um pouquinho de atrasos. Mesmo conhecendo os motivos de Pedro, era bem capaz de castigá-los. Pedro pendurou o medalhão no pescoço, porque não queria correr o risco de se separar dele novamente, era a única lembrança que tinha de seus pais. E, como talvez ainda faltasse muito para poder voltar para casa com eles, não queria se afastar de nada que eles tivessem lhe dado.

Jantaram como dois zumbis. Pedro, angustiado com o que estaria dentro do medalhão e como faria para abri-lo, e Júlio, pensando em que motivos levaram Malva a devolver o colar. Riu sozinho ao imaginar Alfredo dando uma bronca na irmã e obrigando-a a devolver o objeto furtado, daria tudo para ter assistido.

Os dois foram dormir cedo para ver se o tempo passava mais rápido. Não viam a hora de se encontrarem com Lara no dia seguinte para contar a novidade. Mas a noite foi difícil, os dois tiveram insônia. Mal amanheceu o dia e já estavam prontos para ir à escola. Antes mesmo de tocar o sinal do café da manhã, já estavam na fila da merenda. Mariana, que nesse momento entrava na cozinha pela porta de trás carregando um galão de leite, se espantou.

— Deu formiga na cama de vocês? O que aconteceu pra se levantarem tão cedo? — sua voz parecia um pouco desconfiada.

— Nada não, Mariana. Estamos sem sono, é só — disse Júlio, procurando encerrar o assunto. — O que vamos ter hoje?

Mariana sorriu, colocando o galão sobre a mesa e virando-o suavemente para encher uma jarra de leite.

— Ovos mexidos, pão de forma e café com leite. Podem sentar que chamo vocês assim que estiver pronto, não vai demorar.

— Ôba! Faz tempo que não tem ovo — comemorou Júlio.

Mariana foi até a geladeira, pegou alguns ovos que colocou em uma tigela e acendeu o fogão, colocando um generoso pedaço de margarina em uma grande frigideira. Logo um delicioso aroma se espalhou pelo ambiente. Júlio lambeu os beiços e puxou Pedro para o lugar de sempre, no fundo do refeitório.

— Só espero que Lara tenha alguma ideia melhor.

Ficaram quietos esperando o café que Mariana não demorou a servir, olhando-os desconfiada. O sinal logo tocou e os outros meninos correram para o refeitório enchendo o lugar de sons. Aparentemente não notaram que os dois já estavam ali.

Assim que saíram do ônibus escolar, os garotos correram para encontrar Lara que, por sorte, estava ainda no pátio, provavelmente esperando por eles.

— Lara! Lara! — gritou Pedro. Ela correu para encontrá-los.

— Oi, meninos! Tudo bem? — cumprimentou, sorrindo.

— Temos uma coisa pra te mostrar. — Pedro olhou ao redor para ver se havia alguém olhando e fez sinal com a cabeça para que os amigos o seguissem para perto da amendoeira, na frente da escola.

Dessa vez, não ficaram no lugar de sempre, se enfiaram por trás das árvores para ter mais privacidade. Havia ali, além da amendoeira, um ipê-amarelo, que enchia o chão de flores quase o ano todo, e um pé de tamarindo, que era a alegria dos meninos que trepavam na árvore quando estava carregada de vagens maduras. As três árvores formavam uma pequena clareira cujas copas se fechavam deixando passar o mínimo de raios de sol por entre as folhas, criando um ambiente agradável de luzes difusas.

Esperaram o pátio se esvaziar por completo até que só puderam ouvir o barulho do vento nas copas das árvores. Lara se mostrou preocupada.

— O que foi? O que aconteceu? Por que vocês vieram pra cá? Não vamos assistir às aulas hoje?

— Por enquanto não, Lara. Melhor a gente fazer isso enquanto não tem ninguém por perto — Lara não estava entendendo nada, mas foi por pouco tempo, Pedro tirou do bolso o medalhão e mostrou a ela, mas não sem antes dar uma última olhada pelo pátio para ver se havia alguém olhando.

— Não acredito! — exclamou Lara, já adivinhando o que deveria ser.

— É o meu medalhão. Dona Malva me devolveu.

— É, mas não explicou porque estava usando direto durante todos esses anos — disse Júlio, torcendo o nariz.

— Deixa eu ver — disse Lara, pegando o medalhão.

— Já tentamos abrir de todos os jeitos — disse Pedro.

— E a Dona *Malvada* vem tentando todos esses anos, sem conseguir nada — disse Júlio.

— Tem de haver uma maneira — disse a menina, olhando atentamente toda a lateral do medalhão. — Olhem! Vocês já viram? Tem uma pequena abertura neste cantinho, deve ser por aqui.

— Já tentamos, Lara — impacientou-se Júlio. — Nos diga alguma coisa que não sabemos, por favor.

Lara olhou para Júlio de cara feia, e Pedro apaziguou os dois.

— É que ele tinha esperanças de que você tivesse alguma ideia de como abrir.

— Não sei... — e calou-se pensativa, mordendo os lábios. — Já tentaram bater?

— O quê? Nããão! — Júlio tentou tomar o medalhão da mão dela, mas não conseguiu e tomado de horror teve que vê-la socá-lo contra o ipê.

— Para! Para, pelo amor de Deus! — Júlio estava mais nervoso do que Pedro, que não se importava em como conseguiriam abri-lo, e sim com o seu conteúdo.

Mas Pedro fez sinal para que os dois ficassem quietos, pois uma gravação que ele podia ouvir claramente iniciou-se logo após a terceira pancada contra a árvore. Mas, infelizmente, não conseguiu ouvir muito bem. Em meio a chiados, percebeu apenas algumas coisas.

Raiz solar... Trajetórias concisas... Orbes planetários...

Pedro olhou assustado para Júlio.

— O quê foi? — perguntou Júlio com cara de bobo.

— Não estão ouvindo nada?

— Eu estou, mas não entendo nada. É uma outra língua — respondeu Lara. Pedro percebeu que ela não compreendia a mensagem como ele, que também ouvia na língua original, no entanto podia traduzi-la.

— Ouvindo o quê? — Júlio olhava nervoso de um para o outro sem entender o que estava acontecendo, não era capaz de ouvir. Pedro fez sinal para que ele se calasse e voltou sua atenção para o medalhão, mas ele não fez mais nenhum som.

— Pode deixar comigo, Lara — Sem outra alternativa, Pedro pegou o medalhão e tentou desesperadamente abri-lo até as pontas dos dedos arderem.

— Deixa que eu tenho unha — Lara puxou o medalhão de volta e tentou abri-lo de novo, mas também não conseguiu. Os três, já desanimados, escorregaram até o chão, sentando-se recostados no ipê.

Pedro não conseguia entender, deveria haver um modo de abri-lo. Afinal, o cordão era seu e lhe foi deixado por algum motivo. Todos tinham os olhos voltados para o medalhão agora, calados.

— Não entendo... — disse Pedro, passando a mão pela testa. O olho de Horus ficou exatamente na frente dos seus olhos e ele ficou vesgo, com os olhos brilhando, olhando para o pulso.

— É isso! — disse, quase aos gritos, levantando-se de um salto.

Lara e Júlio levaram um susto.

— É isso! O Olho pode abrir o medalhão, exatamente como foi com a mensagem que meus pais me enviaram no disco.

— Disco? Que disco? E que mensagem? — perguntaram Lara e Júlio ao mesmo tempo. Pedro percebeu que falara demais e, se não quisesse trair a confiança de seus pais e Rugebom contando toda a conversa que tivera com eles aos dois, era melhor disfarçar.

— Nada. Deixa pra lá — e, sob o olhar desconfiado dos amigos, sem coragem de inventar nenhuma mentira, mas preso a sua promessa de nada dizer, decidiu apelar para a emoção. — Eu não posso falar sobre isso agora. Vocês dois são meus melhores amigos, os melhores que poderiam existir, e não gosto de esconder nada de vocês, mas assim que der eu conto tudo, tá?

Lara, de tão contente com o que tinha acabado de ouvir, fez algo que o deixou vermelho como um pimentão. Lhe deu um beijo estalado na bochecha. Júlio riu e ia dizer alguma gracinha, mas Lara foi mais rápida e lhe deu um beijo também. Júlio deu um sorriso amarelo e abaixou os olhos, sem saber o que dizer.

— Você estava dizendo que acha que o Olho pode abrir o medalhão, não vai tentar?

— Ah, é. Vou tentar — Pedro ainda estava um pouco tonto com aquele beijo.

— Então acabe logo com isso! — implorou Júlio, já sem paciência e tão desesperado quanto os outros para ver o que havia ali dentro. Os três estavam de pé agora e bem próximos um do outro para não perderem nada do que viria a seguir.

Pedro segurou o medalhão na palma da mão esquerda, o cordão ficou pendurado entre seus dedos e ele prendeu a respiração quando passou suavemente o pulso direito sobre ele, mas sem tocá-lo. Quase que imediatamente, o medalhão se abriu e de dentro dele uma luz leitosa, extremamente branca, se espalhou por toda a pequena clareira, iluminando os três de forma fantasmagórica. Jatos de luz azul partiam de seu centro, tinham cerca de dez centímetros de comprimento e giravam rapidamente entrelaçando-se numa estranha dança.

Um barulho de galho sendo quebrado assustou os três, e Pedro mais que depressa fechou o medalhão, interrompendo todo o processo.

— O que estão fazendo fora de sala? Não ouviram o sinal? E que luz era aquela a esta hora do dia? — um vulto saía de trás da amendoeira, entrando na clareira.

Eles conheciam muito bem aquela voz, era Maria Fernanda, a diretora, mulher muito alta e pescoçuda que tinha fama de má. Todos tinham medo dela e a evitavam pelos corredores para não correr o risco de esbarrar nela. Pedro, que a essa altura já tinha fechado o medalhão e colocado no cinto, ajeitou a camisa para ter certeza de que estava bem coberto.

Como nenhum dos três ousasse abrir a boca, Maria Fernanda arrastou Júlio pelo braço. Pedro e Lara iam logo atrás. Já estavam imaginando terríveis castigos, certamente seriam suspensos ou quem sabe até expulsos. Os três tremiam, e Júlio tinha calafrios pela espinha cada vez que se imaginava dando a notícia da expulsão a Malva. Chegaram ao pé da escada e o imprevisível aconteceu, ao invés de mandá-los para a direção, Maria Fernanda ordenou com o longo dedo indicador em riste:

— Subam imediatamente para suas salas!

Eles não esperaram segunda ordem e subiram correndo.

— E não corram!

Eles passaram a subir devagar. Ao saírem das vistas de Maria Fernanda, Lara parecia ter engolido um papagaio.

— Ai, meu Deus! Eu tenho aula de português e estou atrasadíssima, não quero nem ver a cara da professora! Vocês acham que ainda vamos receber algum castigo? Bem... Eu acho que não, ela só quis nos assustar e dar uma lição. E que lição! Nunca tive tanto medo na minha vida! Bom, acho que a gente continua aquele assunto no recreio, não é? Tchau! — os dois acenaram que sim e Lara entrou na sala.

Pedro e Júlio pareciam caminhar para a forca quando iam para a aula de Artes imaginando a bronca que levariam, mas quando abriram a porta a confusão que estava lá dentro era tão grande que ninguém notou o atraso dos dois. Todos falavam ao mesmo tempo, tinha uns dez alunos em volta da mesa da professora e o resto aproveitava para guerrear com bolinhas de papel. Os dois foram para os seus lugares, comportadíssimos.

Um pouco antes do recreio a coordenadora bateu na porta.

— Com licença, professora Mônica, Dona Maria Fernanda mandou chamar o Júlio e o Pedro para comparecerem à direção.

Todos se viraram para eles. Guto segurava a barriga para prender as gargalhadas.

— O que vocês andaram aprontando, meninos? Vão perder o final da minha aula. Mas Dona Maria Fernanda sabe o que faz, boa coisa vocês não andaram fazendo. Podem ir.

— Obrigada, professora. Vamos logo, meninos!

Os dois levantaram de cabeça baixa. Era muita falta de sorte! Provavelmente iam perder todo o recreio. Ao descer as escadas, viraram a direita e seguiram pelo corredor passando pela sala dos professores, pela copa, pela enfermaria, pelos banheiros dos funcionários e, finalmente, chegaram à sala da direção. Nunca uma porta pareceu tão assustadora.

— Esperem aqui! — disse a coordenadora, entrando na sala.

Lara já estava lá dentro. Era uma sala com bancos compridos encostados nas paredes. Sentaram-se ao lado de Lara, mas não tiveram tempo nem de esquentar os lugares. A coordenadora meteu a cabeça pela porta e mandou que esperassem na outra sala. Levantaram em silêncio e atravessaram uma segunda porta que dava para uma sala ainda mais tenebrosa: a sala de Maria Fernanda.

As paredes brancas estavam todas descascadas. O teto era alto demais e a mesa, também descascada, estava repleta de coisas; mas tudo espantosamente organizado. O lugar dava arrepios. Nas paredes, havia retratos dos antigos diretores e todos pareciam encará-los. Sentaram-se no sofá de couro marrom e esperaram. E como esperaram. O tempo passava e nada da diretora aparecer. O estômago de Júlio roncou alto, mas ninguém disse nada. Estavam muito chateados e olhavam para o relógio da parede. Ele indicava que estavam ali há vinte e oito minutos e, levando em consideração que o recreio durava exatos trinta minutos, tinham só dois de sobra para ir ao banheiro ou beber uma água; e olhe lá.

— Droga! Perdemos o recreio! — resmungou Júlio baixinho.

Lara e Pedro continuaram calados, olhando para a parede. Sobre a mesa havia uma pequena estátua com a forma de um cachorro deitado; a cabeça parecia solta e Júlio não resistiu à tentação de tocá-lo.

— Puxa! Essa é a coisa mais feia que eu já vi na vida.

Lara tentou impedi-lo.

— Júlio! Você está maluco? Não mexa aí, ela vai chegar a qualquer momento.

Mas Júlio estava em um mundo à parte e nada ouvia. Seu braço foi se esticando lentamente e, para desespero dos outros dois, que já se consideravam mortos, tocou com seus dedos trêmulos a cabeça mole do cachorro que balançou como geleia. Júlio parecia ter perdido o juízo, a boca se escancarou num sorriso onde se viam até as obturações e começou a rir fazendo sons muito estranhos tentando abafar o riso. Esticou o braço mais uma vez para dar dois tapinhas na cabeça do brinquedo que, balançou, balançou, balançou mais um pouco e... caiu.

Pedro e Lara queriam estrangulá-lo. Júlio, desesperado, e voltando à razão, saiu do seu lugar, ficou de pé ao lado da mesa de Maria Fernanda e colocou a cabeça do cachorro de volta. Mas o dano havia sido tão grande que não tinha mais jeito, a cabeça não parava mais no lugar; era só colocá-la que ela caía rolando pela mesa.

— Rápido, Júlio! São dez e meia, o recreio já acabou, o sinal já vai tocar e Dona Maria Fernanda pode aparecer a qualquer momento — alertou Lara.

— O que eu posso fazer? Não quer ficar no lugar... — e ele continuava tentando sem sucesso, repetindo o mesmo movimento: colocava a cabeça no corpo do cachorro, ela rolava, ele pegava novamente e recolocava para ela voltar a cair em seguida.

— Deixa isso pra lá, Júlio. Ela nem vai notar, volta pro seu lugar — aconselhou Pedro.

Mas já era tarde. O sinal tocou estridente ao mesmo tempo em que a porta da sala se abriu com força. Era Maria Fernanda que entrava com uma barra de chocolate já pela metade na mão.

— Que bom ver como estão comportados! Acho que aprenderam a lição. Espero não tornar a vê-los fora de sala — esperou alguns segundos, talvez para intimidar. — Podem ir agora, mas tenham mais juízo daqui para a frente. Vocês receberam o castigo merecido. Se acham que podem faltar às aulas, nada mais justo que faltarem ao recreio também, não é mesmo? — os três respiraram aliviados por ela não ter notado o cachorro quebrado.

— Viram só? Nos deixou ali com o estômago roncando e foi comer que não é boba nem nada — disse Júlio, já bem longe da direção.

Os três subiram as escadas e não tiveram mais tempo de conversar naquele dia.

O dia do jogo estava chegando, e todos estavam confiantes na vitória. Pedro treinava com tanta garra que parecia estar participando da Copa do Mundo. O pensamento de vencer não saía de sua mente e já não sabia mais se era o Tornado ou o Guto que queria ver derrotado.

O medalhão estava sempre com ele, no bolso da calça. Mas não teve mais nenhuma oportunidade naquela semana para tentar abri-lo. Os treinos estavam muito puxados. O jogo foi marcado para o domingo seguinte. Na sexta-feira, Pedro, Lara e Júlio se encontraram no pátio da escola.

— Temos que acabar o que começamos — afirmou Pedro decidido.

— O quê?! Vamos voltar lá depois de tudo o que nos aconteceu? Dona Maria Fernanda vai desconfiar — falou Lara.

— Claro que ela não vai desconfiar de nada, sua bobinha! Quem ia imaginar que seríamos tão idiotas de voltar lá depois de tudo? — disse Júlio.

— E quando é que vocês pretendem fazer isso? — perguntou Lara, já imaginando a resposta.

— Agora, depois do recreio — respondeu Pedro.

— O quê?! E vamos perder aula de novo? Ah, isso não! — disse Júlio em tom de brincadeira.

— Está ficando tarde, não podemos perder tempo — falou Pedro.

— Mas a minha aula de português... — começou Lara.

— Ninguém desconfia de você, Lara. Não vai ter problema, vai por mim — disse Júlio.

Aproveitaram a confusão de subida das escadas e correram para o local combinado. Pedro tentou acalmar a amiga.

— Ninguém vai nos ver, Lara. Eles nem imaginam que a gente voltaria aqui depois daquele castigo.

Lara mordeu os lábios e assentiu com a cabeça. Ainda estava nervosa, mas a curiosidade falava mais alto. Pedro tirou o medalhão do bolso da calça e o colocou à vista dos outros. Ninguém ousava tirar os olhos do que fazia, e ele também não estava menos ansioso. Não querendo mais esperar, deu uma última verificada a sua volta para ter certeza de que não havia mais ninguém por ali e aproximou o olho de Horus do medalhão. Imediatamente a estranha luz branca surgiu, espalhando-se novamente pela clareira. Os jatos de luz azul em seu centro giravam rapidamente formando aos poucos uma magnífica imagem tridimensional do Espaço Sideral. Era uma sucessão de imagens que se desenrolavam à sua frente ao mesmo tempo em que uma voz suave ia falando coisas meio sem sentido para Pedro.

— *Mapa orbital ativado! Centro gravitacional ativado!*

Os três estavam de queixo caído, olhos vidrados naquela imagem. Somente Pedro e Lara podiam ouvi-lo. Júlio compreendeu e manteve-se calado.

— *Coordenadas traçadas. Latitude sul: 22 graus; longitude oeste: 34 graus.*

A voz ia descrevendo o que aparecia na imagem, uma série de traços retos com números nas pontas. Eram marcações de latitudes e longitude. Disso tinham certeza porque já haviam estudado com o professor Elio. Depois, apareceu o Sol e os planetas conhecidos de nosso Sistema Solar; e eram de tal forma perfeitos que pareciam miniaturas dos astros capturadas do espaço.

— *Ponto de origem: Raiz Solar. Trajetórias concisas traçadas por todos os orbes planetários.*

E surgiu uma série de riscos traçados a partir da Terra e do Sol. Algumas passavam por outros planetas antes de saírem do sistema solar, outros terminavam em planetas desse sistema. Eram traços em forma de semicírculo, alguns com pontos marcados.

Os três se maravilharam ainda mais quando a imagem se ampliou, mostrando outros sóis, planetas e estrelas, ainda mais distantes. Os semicírculos passavam por todos os astros que apareceram.

— *Mapa orbital concluído. Ascenção reta do equador celeste de 5 horas leste. Declinação: 1,9 graus ao sul.*

— Mapa! É um mapa! — exclamou Pedro, eufórico. E, com os olhos marejados de lágrimas, concluiu: — Para casa...

Os três amigos se olharam felizes. A imagem ainda ficou ali estática por alguns segundos até Pedro sair de seus pensamentos, fechar o medalhão e guardá-lo para uma outra hora. Aproveitando a hora da saída, os três se misturaram aos outros alunos. É claro que nenhum dos três pôde pensar em outra coisa naquele dia.

CAPÍTULO 10

A verdadeira história de Júlio

Pedro passou o resto do tempo treinando para a final do campeonato. No final do treino de fim de semana, enquanto Pedro se vestia para voltar para o abrigo, Júlio entrou afobado no vestiário.

— Pedro, Pedro, tenho uma notícia maravilhosa!

— Fala! — disse Pedro, apoiando o pé em um banco para amarrar o tênis.

— Eu ouvi o Carlinhos do Tornado dizendo pra outro garoto que o treinador Alexandre deu a maior bronca no Guto na frente de todo mundo, por causa de uma rasteira que ele deu num colega durante o treino deles; e disse também que é melhor ele colocar as barbas de molho, porque ele está de olho nele desde a covardia do último jogo — Pedro riu e todos os outros garotos do time que estavam prestando atenção na conversa, se aproximaram para ouvir melhor e falavam ao mesmo tempo.

— Como é que é? Ele vai ser expulso?

— Bem feito!

— Quer dizer que o coió se deu mal, não é?

Júlio, sentindo-se confiante na atenção que estavam lhe dando, sentou-se no banco e fez sinal para que os garotos se abaixassem à sua volta. Começou então a contar com detalhes o que tinha visto.

Assim que todos dormiram no abrigo, Pedro se viu sobre o telhado. A pequena nave de Rugebom já se encontrava lá. Dessa vez, não esperou ser levado para dentro, entrou por conta própria.

— Transporte! — ordenou.

Assim que ele tomou o seu lugar ao lado de Rugebom, a nave se deslocou em silêncio pelo espaço. Por alguns minutos, os dois nada disseram, apenas observavam a venerável beleza à sua frente.

— Com este mapa, eu posso achar o caminho de volta pra casa. Não é, Rugebom? — perguntou Pedro, quebrando o silêncio e mostrando o medalhão, agora preso ao seu pescoço.

— Sim, Arfat — respondeu Rugebom, aparentando já saber de tudo. — Mas sua missão aqui ainda não terminou e, além do mais, seus pais não estão em Alnitak. Como você, também estão em missão.

E, vendo uma sombra de tristeza que cobria os olhos de seu protegido, completou:

— Seu dia ainda vai chegar, Arfat, e todos viveremos juntos novamente em Alnitak. Não se preocupe.

Pedro sorriu, agradecido.

A nave de Rugebom deslizava pelo espaço e, por um bom tempo, ele e Pedro nada disseram um ao outro. Foi Pedro quem quebrou o silêncio.

— Pra onde vamos hoje?

— Para mais uma palestra na floresta.

— Ah... — e sem conseguir parar de pensar no medalhão e na possibilidade de retornar a Alnitak, perguntou: — Será que você poderia me explicar alguma coisa sobre o mapa, me ajudar a decifrá-lo? Você sabe o que quer dizer raiz solar, trajetórias concisas e orbes planetários?

Rugebom já estava acostumado à impaciência de Pedro e sentia prazer em ser útil.

— Infelizmente, Arfat, não sou navegador como Shannyn e não sei como ler um Mapa Orbital. De qualquer forma, posso ajudá-lo um pouco no que sei. Conciso quer dizer algo curto e direto, isto é, com muita informação em pouco espaço.

— Então, uma trajetória concisa significa que é precisa e rápida, não é? — perguntou Pedro após pensar um pouco.

— É. Acho que sim. Como disse, não sou navegador e não posso afirmar.

— O que mais você sabe, Rugebom?

Rugebom estava concentrado nos comandos que dava aos controles da nave mas não deixou de responder ao amigo.

— Orbes planetários são planetas e Raízes são sistemas solares. Raiz Solar é este sistema solar em que a Terra se encontra. É tudo o que eu sei — Pedro se deu por satisfeito e ficou pensativo pelo resto da viagem.

Chegaram à clareira e o movimento já era grande. Deixaram a nave no local reservado a ela e correram para a assembleia onde já estavam Lara e Thalía; eles se juntaram à elas. Rugebom cumprimentou a guardiã com um largo sorriso, o que fez com que Lara e Pedro trocassem olhares e dessem uma risadinha que logo foi cortada pela solene chegada do palestrante da noite. Outra vez o ser iluminado por uma estranha luz azulada, usando uma longa túnica branca.

A noite estava maravilhosa, o céu completamente estrelado e havia um perfume delicioso no ar. O palco era exatamente o mesmo. A única diferença é que Pedro dessa vez prestou total atenção em tudo o que o palestrante disse. Ele tinha a sensação de que sabia exatamente o que ele ia falar.

— Meus caros! É com pesar que os reúno aqui esta noite. Fui avisado de que um grande ataque está sendo planejado pelos mintakianos para muito breve. Não sabemos dos detalhes, mas todos devem redobrar os cuidados, intensificando seus treinamentos e evitando falar com quem quer que seja sobre assuntos relacionados à missão. Orientem-se com seus guardiões sobre a melhor forma de agir para se proteger no caso de serem atacados.

Pedro e Lara se olharam preocupados. O palestrante continuou:

— É de nosso conhecimento também que muitos de vocês já foram localizados pelos mintakianos que estão apenas esperando pelo momento certo para agir. E, como devem saber, alguns já sofreram pequenos ataques. Mal sucedidos, felizmente — disse isso olhando para Pedro que sentiu seu rosto queimar porque todos o observavam, curiosos.

Lara deu um suspiro angustiado, e Pedro segurou sua mão com firmeza. Ela o retribuiu com um sorriso.

— Tenham muito cuidado, meus amigos — continuou o palestrante. — Fiquem atentos àqueles amigos e parentes muito chegados. Podem ser inimigos disfarçados. Lembrem-se de que os mintakianos são capazes de tudo e são mestres em manipular sua própria forma física.

Quando a palestra terminou, e Rugebom e Thalía se afastaram um pouco, Lara disse a Pedro, preocupada:

— Como assim nossos amigos mais chegados? Será que devemos também tomar cuidado com o Júlio?

— Claro que não, Lara! — indignou-se Pedro, soltando sua mão. — Júlio é o meu melhor amigo. Eu o conheço desde sempre e confio nele de olhos fechados.

— Desculpe Pedro. Júlio também é meu amigo e, mesmo não o conhecendo há tanto tempo como você, também confio muito nele. Mas acontece que depois de tudo o que ouvi aqui fiquei muito preocupada e não sei mais em quem confiar. Estou com medo até dos meus pais adotivos.

— Isso não, Lara! Eles foram muito bem escolhidos pra cuidarem de você. Neles você pode confiar.

— Acho que sim. Mas e se, enquanto eles estiverem fora de casa e eu não souber, algum mintakiano fingir ser um deles pra se aproximar de mim? — Pedro não soube o que responder, lembrou-se de quando confundiu um mintakiano com Rugebom e ficou preocupado também.

Rugebom, que havia escutado a conversa, se aproximou.

— Precisamos ter uma conversa sobre o Júlio. Acho que já é chegada a hora de vocês saberem de tudo. Mas vamos sair daqui.

Pedro e Lara seguiram Rugebom e Thalía ansiosos. Mas não voltaram para o estacionamento das naves, foram para dentro da floresta que estava totalmente iluminada pela luz da lua. Havia pequenos grupos de pessoas conversando aqui e ali. Alguns de pé, outros sentados em grandes pedras e até mesmo no chão. Os dois guardiões iam na frente numa conversa animada em sua língua de origem. Pedro e Lara não prestaram atenção, conversavam também, um pouco mais atrás.

— Pedro, você quer voltar pra Alnitak?

— Claro, Lara! E você, não?

— Eu queria muito conhecer, mas não posso deixar os meus pais adotivos.

Pedro entendeu. Mas sentiu um aperto no coração. Queria muito voltar para casa, para a sua família, o seu povo. Mas não queria ficar longe de Lara. Ele parou de repente e a olhou nos olhos.

— Lara — começou, segurando as suas mãos. —, você é muito importante pra mim... — concluiu, num fio de voz. O rosto pegando fogo e como que uma bola de pingue-pongue presa na garganta.

Lara pareceu surpresa e abriu a boca para dizer alguma coisa, mas foi interrompida por Rugebom:

— Vamos ficar aqui.

Os quatro sentaram-se abaixo de uma grande árvore florida com raízes aparentes, tão grossas que pareciam bancos. O chão estava salpicado por suas pequenas flores amarelas. Cada um sentou-se em uma raiz. Pedro e Lara ainda em estado de choque. Rugebom explicou:

— Preciso contar a vocês a verdade sobre o Júlio — Rugebom já tinha totalmente a atenção dos dois. — Antes dos seus pais deixarem você no abrigo, Arfat, eles foram até lá pra conhecê-lo de perto, queriam saber se seria um bom lugar pra você. Se vestiram como humanos e chegaram com a desculpa de adotar uma criança. Foram muito bem recebidos por Alfredo que os apresentou a Malva e os levou para conhecer todo o abrigo e, consequentemente, as crianças.

Júlio já estava lá, tinha poucos meses, seu pai havia morrido em um acidente de carro que sofreu junto com sua mãe, que estava no início da gravidez. Ela ficou muito debilitada e passou o resto da gestação no hospital, onde deu à luz ao Júlio. Ela morreu logo a seguir. Como no hospital não havia nenhuma informação sobre o resto da família, Júlio foi levado para o abrigo. Shenan e Shannyn, muito pesadamente, perceberam que Júlio era portador de uma doença muito grave e que, certamente, não viveria muito tempo. Os diretores nada sabiam, é claro, e tentaram convencer Shenan e Shannyn a adotá-lo.

Pedro e Lara estavam atentos e nem mesmo uma pequena nave que passou ziguezagueando rente às suas cabeças, provavelmente guiada por algum dos Medjais que treinava, conseguiu desviar sua atenção. Rugebom continuava a explicação:

— Muito tristes com o destino incerto do menino, eles resolveram fazer o possível para curá-lo. Não tinham certeza se teriam êxito, pois não sabiam o quão avançada estava a doença. Precisavam levá-lo para nave-mãe, pois lá a equipe médica teria condições e equipamentos suficientes para analisar o problema e, se possível, extingui-lo. Fingiram, então, interesse em adotá-lo e, com identidades e comprovantes de residência falsos, conseguiram a guarda provisória de Júlio. Não foi difícil convencer os diretores com um pouquinho de hipnose. Além do mais, Alfredo havia gostado muito de seus pais — Rugebom fez uma pequena pausa, como que para não se esquecer de nenhum detalhe e continuou — Assim, Júlio foi levado para a nave-mãe e tratado com todo o carinho por nossos médicos que constataram estar a doença ainda em seu estágio inicial e o curaram por completo. Seus pais muito se afeiçoaram a ele, e você também. No dia em que você completou um ano de idade, devolveram Júlio ao abrigo alegando problemas graves de família e necessidade de viagem com urgência para o exterior. Claro que prometeram buscá-lo assim que possível, mas nunca voltaram, nem poderiam. Sua mãe não conseguiu entregar vocês dois no mesmo dia e ainda precisou de dois dias para ser convencida por seu pai de que era o melhor a ser feito. Só ficou mais tranquila por que sabia que você teria um amigo aqui e que não estaria completamente só. Eu o conheci nessa época, já era o seu guardião. Chegamos a passar algumas tardes juntos.

Pedro e Lara estavam boquiabertos.

— Não disse, Lara? Eu sempre tive certeza de que Júlio era meu amigo e agora sei que meus pais também o conhecem e gostam dele. É como se fôssemos irmãos. Meus pais quase o adotaram, já pensou? — e virando-se para Rugebom, perguntou — Posso contar isso pro Júlio?

— Claro que sim. É bom que ele saiba sobre o próprio passado.

— Então, por que você só está nos contando isso agora? — perguntou Lara a Rugebom.

— Porque todo o cuidado é pouco. Ainda não tinha certeza absoluta de que Júlio era ele mesmo; como já expliquei, os mintakianos podem tomar a forma que quiserem e, consequentemente, mudar de aparência para passarem por outra pessoa.

— E como você teve certeza de que é ele mesmo? — perguntou Pedro.

— Ora, Arfat, ele já nos deu inúmeras provas disso, não acha? — respondeu Rugebom.

— Não vejo a hora de falar com ele! — exclamou Pedro, felicíssimo.

— Mas agora precisamos pensar em como descobrir os planos dos mintakianos — lembrou Thalía.

— E se eu falasse com o Júlio pra ficar de olho no abrigo? É sempre bom termos uma ajudinha — perguntou Pedro a Rugebom.

— Não se precipite, Arfat. Lembre-se do que seus pais disseram.

— Está bem... — mas Pedro ficou decepcionado.

— Você se encontrou com os seus pais, Pedro? — Lara perguntou e Rugebom fez sinal com a cabeça, para que Pedro soubesse que podia contar à ela.

— Mais ou menos, Lara. Eles me enviaram uma mensagem — respondeu Pedro aliviado por poder contar para ela.

— Puxa! Que bom! Bem que eu gostaria de ter tido contato com os meus pais verdadeiros — disse ela, pensativa, arrancando uma folhinha de mato.

— O que houve com eles? — interessou-se Pedro.

— Eles morreram quando fui enviada pra Terra. Os mintakianos... eles... — ela estremeceu com a lembrança, se recompondo a seguir. — Eu não os conheci, era ainda um bebê.

— Que pena...

— É... Uma pena, mesmo — Lara ameaçou chorar e Thalía a abraçou. Pedro abaixou a cabeça, sentido.

— Está tudo bem — disse Lara, desvencilhando-se do abraço.

— Acho que já é hora de irmos andando — disse Thalía se levantando. E, voltando-se para Rugebom — Então, te encontro mais tarde, na reunião — concluiu.

Rugebom sorriu e Pedro teve a leve impressão de que ele corara.

— Até logo mais, Thalía. — respondeu Rugebom. Lara deu um beijo no rosto de Pedro que por sua vez arregalou os olhos e sorriu envergonhado.

— Te vejo na escola, Arfat — disse Lara. Era a primeira vez que ela o chamava assim.

Thalía colocou os braços ao redor dos ombros de Lara, e as duas se distanciaram. Pedro ainda ficou um bom tempo sentindo o rosto queimar no lugar onde ganhara o beijo. Ele e Rugebom não se falaram até que as duas saíram de suas vistas.

— Vamos, Arfat, por ali — Rugebom apontou para um caminho por entre as árvores que Pedro ainda não havia notado.

— Não vamos voltar pra nave?

— Ainda não, tenho uma coisa para te entregar.

Os dois andaram alguns metros, e Rugebom parou diante de uma caverna. Sua entrada era estreita e Rugebom entrou no que foi seguido por Pedro.

A caverna era um túnel muito longo e íngreme. Os dois deram apenas alguns passos quando algo os puxou pelos pés, eles caíram e foram sugados por uma força desconhecida que os arrastou túnel abaixo numa velocidade tão grande que Pedro nem teve tempo de gritar. Mas não se machucaram, desciam exatamente pelo centro do túnel sem encostar em suas paredes. Não demorou muito para chegarem ao final quando foram jogados no chão, de forma nada suave. Os dois caíram sentados, e Pedro logo se endireitou.

— Onde estamos? — perguntou, olhando ao redor.

Estavam em uma sala com paredes de pedra azulada e muito bem iluminada por vários pontos de luz no teto. Havia várias mesas redondas, não muito grandes, e em cima delas havia muitas teclas como as de um computador, mas um pouco maiores; algumas estavam sendo operadas por homenzinhos muito magros, de braços compridos e finos, com apenas três dedos em cada mão. Assim como o povo de Ayma, eles não tinham cabelos. Eram acinzentados e usavam uma roupa colada ao corpo, feita de um tecido que parecia orgânico. Os olhos eram oblíquos, grandes e negros. Não se incomodaram com as visitas, embora os tivessem visto, e continuaram seus trabalhos como se não fosse novidade alguma sua presença ali. Rugebom e Pedro atravessaram a sala e chegaram a uma outra onde havia um gigantesco tubo transparente de cerca de três metros de diâmetro que atravessava a sala de cima a baixo. Ao tocar no teto de terra, que era muitíssimo alto, dividia-se em dezenas de outros tubos, bem mais estreitos, que o atravessavam. Por dentro do tubo, subia um estranho líquido furta-cor muito brilhante que se enrolava em espiral até se espalhar pelos mini-tubos do alto. Rugebom teria passado direto, mas Pedro não pôde evitar parar no meio da sala olhando para cima, tentando entender o que acontecia ali dentro e quem seriam aquelas estranhas criaturas que pareciam muito ocupadas.

— O que é isso, Rugebom? — perguntou Pedro, apontando para o líquido.

— É o fogo líquido, Arfat — Rugebom parecia apressado. — Mas não é hora para essas explicações, esse assunto ainda é complexo para você, vamos deixar isso para uma hora mais tranquila. — concluiu, seguindo adiante.

— Está bem — conformou-se Pedro, seguindo-o para a sala seguinte.

Essa era completamente diferente das outras duas. Se as anteriores já eram enormes, essa era ainda maior e toda revestida por metal. Pedro deduziu que se tratava de uma nave porque era bem parecida com a que encontrara seus pais pela primeira vez. Muitas pessoas iam e vinham e pareciam muito ocupadas. Havia gente de todo o tipo, alguns humanos e outros nem tão humanos assim, uns tinham a pele cintilante e esverdeada, outros eram tão pequenos que seriam facilmente confundidos com duendes. Mas o que mais chamou a atenção de Pedro tinha pele escamosa e acinzentada, uma cauda grossa, orelhas longas e caídas, os lábios eram muito grossos e a barriga proeminente, mas, apesar dessa estranha aparência, aparentava muita bondade no olhar. Ele se aproximou de Rugebom e falou em uma estranha língua que, aos poucos, foi se desembaralhando na mente de Pedro e tornando-se compreensível:

— ... então imaginei que você mesmo quisesse entregar o equipamento ao seu protegido.

— Sim, Mallick, obrigado por compreender. Pode trazê-lo para mim?

Pedro estava curiosíssimo: de que equipamento eles estariam falando?

Mallick desapareceu por uma porta surgida do nada, e Pedro teve certeza de se tratar mesmo de uma nave. Não demorou muito e voltou carregando em ambas as mãos um objeto muito fino, de forma quadrada, que caberia facilmente em uma só mão. Rugebom o pegou e o entregou a Pedro que, assim como Mallick, estendeu ambas as mãos para recebê-lo.

— O que é isso?

— É um localizador. Um presente de seu pai para quando você estivesse preparado. Já estava na hora de ter um desses, você já nos deu inúmeras provas de seu merecimento. Só você poderá ativá-lo, mais ninguém. Foi feito especialmente para você. Por que não o experimenta?

Pedro já sabia o que fazer. Passou suavemente o olho de Horus de seu pulso sobre o aparelho que mudou imediatamente de aparência. Uma leve massa gasosa se formou sobre ele, formando picos. Tratava-se de uma tela, mais precisamente uma imagem real do planeta Terra em miniatura. Era tão real que a sensação que Pedro teve foi a de ser um gigante que olhava para ela. Ele não pôde resistir a tocá-lo e, para sua surpresa, a imagem se aproximou. Ele a tocou outras vezes, e a imagem se aproximou mais e mais até ser possível diferenciar cada continente, com todo o seu relevo. Aproximou ainda mais e pôde ver o Brasil bem de perto: as casas, as pessoas, até um pequeno vaso na janela de uma casa. Ele ficou impressionado.

— O localizador funciona como uma janela, Arfat, que você poderá abrir onde e quando quiser. É uma imagem em tempo real, isto é, o que você vê é o que está acontecendo neste exato momento no mundo. Será muito útil contra os mintakianos, e você também poderá usá-lo para nos ver sempre que quiser.

— Até os meus pais? — perguntou Pedro, esperançoso.

— Não se esqueça, Arfat, de que o localizador só mostra este planeta. Somente poderá ver os seus pais se eles estiverem aqui, mas não acredito que quando isso acontecer você vá precisar de um localizador. Mas você pode ver quem quiser, desde que esteja na Terra: a mim, Nephos, Lott e quem sabe... Lara — estava claro que Rugebom mudara o tom de voz, e Pedro sentiu o rosto queimar.

— Quer dizer que posso ver Ayma também? Isso é ótimo!

— Sim.

Os dois despediram-se de Mallick e retornaram à floresta, dessa vez por um caminho bem mais fácil. Um elevador os levou até o início do túnel.

— Rugebom, se tinha essa forma tão mais simples de chegar até aqui, por que tivemos que descer todo esse túnel?

— O elevador só funciona de dentro para fora, Arfat.

— E por quê?

— Por segurança. É mais fácil interceptar um intruso que entra pelo túnel do que por um elevador.

Pedro compreendeu.

O caminho de volta para a nave, e consequentemente para o abrigo, foi tranquilo, e os dois, imersos em seus pensamentos, nada disseram. Somente ao se despedir Rugebom falou:

— Guarde bem o localizador, Arfat. Em mãos erradas ele seria muito perigoso.

— Pode deixar, vou ter cuidado.

— Então, até breve, meu amigo.

— Até mais, Rugebom — despediu-se, entrando em seu dormitório e caminhando na ponta dos pés para não acordar ninguém.

O calor estava de matar, para variar. *Bem que uns ventiladores de teto não fariam mal algum*, pensou.

Ele colocou o pijama e ficou alguns segundos parado tentando achar um lugar para guardar o localizador.

— E aí, fujão? Isso são horas? — perguntou Júlio de repente, sentando-se na cama e esfregando os olhos.

Pedro levou um susto tão grande que tropeçou e só não caiu porque se apoiou na beirada da cama de Júlio. O localizador caiu em cima de sua cama, e Júlio se pendurou para ver melhor o que era aquilo.

— Não achei graça, Júlio. Você podia ter acordado todo mundo! — reclamou Pedro.

— O que é isso? — perguntou Júlio, olhando para o localizador e ignorando a bronca de Pedro.

— É um localizador. Rugebom me deu. Mas não posso te mostrar como funciona aqui. Pode acordar os outros — Pedro respondeu sussurrando e verificando se estavam todos dormindo mesmo.

— Não seja por isso — disse Júlio, pulando da cama. — vamos pra sala de TV — Pedro ainda tentou dizer não, que estava muito cansado e só queria dormir um pouco, mas não teve tempo. Júlio o puxou pelo braço e praticamente o arrastou até lá. Logo após fechar a porta, Pedro acionou o localizador.

Não queria esperar mais, só pensava em ir pra cama, dormir. Novamente o planeta surgiu como se visto do espaço, tão real que Júlio escancarou a boca. Pedro o fez aproximar até uma cidade qualquer do Brasil, onde viram carros que passavam por uma ponte iluminada.

— Uau! O que é isso?! — perguntou Júlio.

— Um localizador, já disse — respondeu Pedro, desativando-o novamente com o pulso e guardando-o dentro da calça, por baixo da camisa. — Vamos deitar, Júlio.

— Espera aí! Você vai me deixar assim curioso, sem me falar nada?

— Não tem nada pra falar Júlio, ainda não sei usar muito bem, só vi o que você viu, vamos, já está muito tarde, se bobear já vai amanhecer — Júlio seguiu o amigo, desapontado.

Quando desciam as escadas de volta ao dormitório, Jonas os esperava no corredor de pijamas e chinelos. Os dois, que desciam aos pulos, pararam no meio da escada, assustados.

— O que estão fazendo acordados? — perguntou, com cara de poucos amigos. — Podem terminar o que estavam fazendo.

— Não estávamos fazendo nada. — disse Júlio depressa.

— Eu estava falando sobre descer o resto da escada — Jonas explicou, agora ainda mais desconfiado.

Pedro e Júlio ainda não haviam se dado conta de que estavam no meio do caminho e desceram de uma vez.

— Venham atrás de mim. Vamos ter uma conversinha.

Os três seguiram pelo corredor na direção oposta, passaram direto pelo dormitório e chegaram ao quarto de Jonas. Nunca haviam estado ali antes. Na verdade, nem tinham ideia de onde seria o seu quarto.

— Ainda bem que resolvi dar uma última volta pelos corredores, foi sorte mesmo!

— Sorte, só se foi pra você — disse Júlio, sem pensar. Jonas o olhou de cara feia e ele engoliu seco.

Até que o quarto não era tão pequeno. Havia uma cama de solteiro com uma mesinha de cabeceira ao lado. Sobre ela, havia um copo com água, um despertador e uma revista de palavras cruzadas. Encostada à parede, ao lado da porta, havia uma mesa estreita com uma cadeira a que lembrava uma escrivaninha. Em cima dela, havia um ventilador com a tinta já desbotando e um pacote de biscoito pela metade. Na parede, ao lado da cama, havia um quadro com a pintura de um casal já de idade avançada, que deviam ser os pais de Jonas. O homem era exatamente igual a ele, moreno, rosto largo, nariz achatado e coincidentemente usava os mesmo óculos verdes com grossas lentes que deixavam os olhos enormes. A mulher também usava óculos, só que mais delicados e tinha os cabelos presos num coque baixo.

Jonas puxou a cadeira e sentou, olhando para os meninos sem dizer nada, e assim ficou por algum tempo apertando os olhos e franzindo as sobrancelhas. Nenhum dos dois tinha coragem de dizer nada, esperavam que Jonas falasse primeiro. Pedro sentia o localizador em sua cintura e rezava para que Jonas não o encontrasse.

— Acho que vocês estão procurando encrenca de novo — falou Jonas, finalmente quebrando o silêncio. — Como daquela vez que invadiram a enfermaria. Já estou vendo que não vai ter gincana pra vocês este ano.

— Gincana? Que gincana? — interessou-se Júlio.

— Seu Alfredo está organizando, disse que é pra dar uma alegria a vocês. Não sei pra quê. Ouvi falar que várias lojas vão doar brindes pros vencedores — Jonas não era lá muito inteligente e entregou todos os planos de Alfredo para os garotos, mesmo sabendo que ele mesmo gostaria de dar a notícia quando estivesse tudo pronto.

Olhou para os dois com ar de deboche e continuou, sentindo-se vitorioso:

— E pelo jeito vocês não vão participar de nada...

— Espera aí, Jonas. Isso já é maldade — desesperou-se Júlio. — Nós não fizemos nada, só estávamos conversando, pode perguntar pro Pedro. É que os outros garotos não podiam ouvir.

Pedro olhou para ele de cara feia.

— Como é que é?! Então é assim: vocês querem bater um papo às duas horas da madrugada e saem por aí se divertindo, quando deveriam estar cansados de saber que Dona Malva e Seu Alfredo reprovam esse tipo de comportamento? — estava na cara que ele estava repetindo uma frase de Alfredo já que não costumava falar tão bem assim.

Jonas estava ficando nervoso, e Júlio, mais ainda. Começaram a falar ao mesmo tempo. Jonas querendo saber o que eles estavam conversando a uma hora daquela, e Júlio tentando se defender. Pedro precisou se intrometer entre os dois para acalmá-los e tentar reverter a situação.

— Calma, gente! — falou estendendo as duas mãos, uma para cada lado, para que se calassem. Jonas parecia ter a mesma idade que eles, pois não protestou.

— O negócio é o seguinte, Jonas — começou Pedro. — Eu e Júlio estamos muito preocupados com a venda do abrigo e com o nosso futuro — Pedro esperou um momento para que a frase tivesse mais efeito. — Como eu não estava conseguindo dormir, chamei Júlio pra conversar um pouco sobre isso. Nós não queríamos acordar os outros garotos e deixá-los preocupados também, por isso eu dei a ideia de irmos até a sala de TV.

Jonas estava atento, as sobrancelhas continuavam franzidas e os olhos apertados. O cotovelo estava apoiado sobre a mesa e a mão esquerda segurava a cabeça, tentando entender o que Pedro dizia.

Júlio, que até ali só observava, tentou ajudar Pedro.

— Foi isso mesmo Jonas. É a pura verdade.

— Sshh!! — Pedro virou a cabeça rápido para Júlio fazendo sinal para que se calasse e fez uma cara tão feia que o amigo se encolheu no canto da mesa, com medo de ser atingido por algum dos poderes de Pedro.

— Eu sei que não devíamos estar acordados a uma hora dessas — recomeçou Pedro —, muito menos fora do nosso quarto. Estamos muito arrependidos.

Júlio deu um passo à frente e, Pedro tornou a olhá-lo daquele jeito, o que foi o suficiente para que ele voltasse ao seu canto e se mantivesse calado.

— Será que você não poderia fingir que nada aconteceu e não contar pra ninguém que nos viu aqui? — perguntou Pedro a Jonas. — Tem sido muito difícil pra nós imaginarmos o que nos acontecerá se o abrigo fechar. Imagine, Jonas, um bando de crianças sem família jogadas na rua...

Jonas lançou um rápido olhar para a foto de seus pais e falou:

— Tudo bem. Podem ir.

Eles mal podiam acreditar. Haviam dobrado Jonas.

— Mas não façam mais isso! Do contrário, serei obrigado a castigá-los — completou Jonas, com a voz mais decidida.

Pedro e Júlio sabiam que Jonas não tinha poder para castigá-los, mas também sabiam que se ele contasse à Malva seus dias de paz e sossego estariam contados.

— Obrigado, Jonas! — agradeceu Pedro.

— Valeu mesmo, hein! — disse Júlio, seguindo Pedro que abria a porta bem rápido para que Jonas não tivesse tempo de se arrepender.

Já iam na metade do corredor quando Jonas os alcançou.

— Quero ter certeza de que vão pra cama — e os levou até a porta do quarto. Só saiu de lá quando eles entraram e a fecharam.

Pedro pegou um rolo de fita adesiva em sua mochila e prendeu o localizador por baixo da cama de Júlio, no estrado; bem no canto, para que ficasse o mais imperceptível possível e bem acima de sua cabeça, para que pudesse vê-lo bem. Finalmente deitaram para dormir.

— O que será que Jonas estava fazendo zanzando pelos corredores a essa hora? — perguntou Júlio, já deitado. Pedro não respondeu.

Alguns dias depois, na escola, Lara estava conversando com duas amigas quando viu Pedro e Júlio descendo para o recreio.

— Tchau, meninas! Até daqui a pouco — e correu para falar com eles. As garotas fizeram cara de nojo.

— Ela agora só anda com esses dois, já reparou? — disse uma das meninas.

— É. Deve estar querendo namorar com um deles — completou outra.

— Oi meninos, tudo bem? — cumprimentou Lara ao chegar perto dos dois.

— Tudo bem — respondeu Júlio, mais preocupado em terminar o seu sanduíche.

— Oi, Lara — disse Pedro sorrindo e lhe oferecendo um biscoito que ela aceitou.

— Obrigada!

— E aí? Gostou da novidade? — perguntou Lara para Júlio.

— Novidade? Que novidade? — interessou-se Júlio.

— Não, Lara! Eu ainda não contei, ainda não deu — apressou-se Pedro.

— Do que é que vocês estão falando? Posso saber? — perguntou Júlio, curioso.

— Pode deixar que eu vou te contar tudo, Júlio, mas agora não dá. — falou Pedro.

Júlio o olhou desconfiado, e Pedro teve que mentir para tranquilizá-lo.

— Não tem nada a ver com você, Júlio. É só uma novidade que tenho pra te contar. Quando a gente voltar pro abrigo, eu te conto, tá legal?

— Fazer o que, né? — conformou-se Júlio.

— Agora eu tenho uma coisa mais urgente pra falar com vocês — disse Pedro, fazendo sinal para que os dois o seguissem até o seu canto favorito, entre as árvores.

— O que foi, Pedro? — perguntou Lara, sentando-se na frente dos dois.

— Temos que descobrir onde os mintakianos se encontram. Tenho cada vez mais certeza de que está bem próximo o dia de enfrentá-los.

— Engraçado! Eu também sinto isso — disse Lara, torcendo os dedos da mão nervosamente.

— Sei que tenho sido bem treinado pra isso, mas quando volto pro quarto e vou dormir, quando acordo, parece que quanto mais tento fixar na memória, mais as coisas se apagam da minha mente.

— Comigo também! — afirmou Lara.

— Mas tenho certeza de que já estou preparado, Lara — continuou Pedro.

— O que vamos fazer agora? — perguntou Lara para Pedro.

— Eu não sei bem.

— Como não? E o localizador? — perguntou Júlio.

— Que localizador? — interessou-se Lara.

— Rugebom me deu um aparelho que serve pra ver o planeta bem de perto. Com alguns toques a imagem se aproxima cada vez mais.

— E por que você não o usa? — ela perguntou.

— Porque ele só faz isso, que eu saiba. Não dá pra procurar pelos mintakianos por cada canto do planeta.

Júlio e Lara estavam de acordo.

— Eu também ganhei um aparelho de Thalía. É um comunicador, serve pra falar com ela e com os outros Medjais.

— Uau! E por que Pedro também não ganhou um? — perguntou Júlio.

— Não sei! — disseram Pedro e Lara ao mesmo tempo.

O sinal tocou, e eles tiveram que subir, muito a contragosto.

Ao chegarem ao abrigo, Jonas avisou que Alfredo queria falar com todos no pátio. Eles se amontoaram em volta de um dos bancos ao lado do qual Alfredo já se encontrava.

— Meninos! Tenho uma ótima surpresa para vocês. Vamos organizar uma gincana para daqui a três semanas. Assim vocês terão bastante tempo para se organizar.

— Oba! — animou-se Júlio.

— Gincana? O que é isso? — perguntou Mauro a outro garoto.

— Mas que garoto burro! — cochichou Júlio para Pedro.

— Para quem não sabe, gincana é uma competição entre equipes — explicou Alfredo. — Vocês vão se dividir em seis grupos. Serão cinco tarefas a serem realizadas por todos. A equipe que as realizarem com maior habilidade será a vencedora. Recebi o apoio de diversos comerciantes e moradores do bairro que ofereceram prêmios para os vencedores.

— Como já estão informados — continuou Alfredo, — desde que o Sr. Michael Geller deixou de nos enviar dinheiro, estamos passando por sérias dificuldades financeiras, tendo inclusive que usar as nossas economias pessoais para sustentar esta instituição. Felizmente podemos contar com a colaboração e paciência de todos os nossos funcionários que, mesmo tendo seus salários atrasados, continuam fiéis. Dessa forma, decidi fazer esta gincana por dois motivos. Em primeiro lugar, para arrecadar fundos para o abrigo e, em segundo, como um meio de diversão para todos. Sendo assim, receberemos aqui no próximo domingo muitos visitantes e colaboradores. O senhor Antônio, dono da padaria, e a senhora Gilda, dona da confeitaria, ofereceram um lanche especial para vocês e ainda diversos quitutes que serão vendidos para os convidados.

Todos estavam felizes. Só não diziam nada com medo de perder alguma parte.

— As tarefas serão as seguintes... — recomeçou Alfredo. — Jonas, por favor — entregando ao zelador um maço de papéis para serem distribuídos entre os meninos.

— Primeira tarefa: cada grupo escolherá um único representante para competir em um desafio de conhecimentos gerais em que lhe serão feitas diversas perguntas sobre vários assuntos. Eu os aconselho a escolher o melhor aluno entre vocês. Segunda, terceira e quarta tarefas: cada grupo escolherá representantes para competirem em uma partida de futebol de botão, de totó e de pingue-pongue. Quinta e última tarefa: cada grupo organizará uma pequena apresentação para os convidados; pode ser o que quiserem: música, teatro, poesia, dança, qualquer coisa. Será organizado um júri, formado por dez pessoas, entre elas alguns convidados e funcionários do abrigo que irão dar o seu voto escolhendo o grupo que ganhará o prêmio. Todos os componentes dos grupos vencedores serão premiados, mesmo nas tarefas em que não competem todos. Alguma dúvida?

— E quais serão os prêmios? — perguntou Thiago.

— Sim, claro! Já ia me esquecendo da melhor parte! Tenho uma lista aqui em algum lugar — falou Alfredo procurando em todos os bolsos da calça sem encontrar nada.

— Aqui, Alfredo! — disse Malva estendendo-lhe um pedaço de papel.

— Obrigado! Deixem-me ver... — e abriu-o com cuidado. — Um conjunto de camisa, bermuda e tênis oferecido pela loja *Natasko*; uma mochila tamanho grande, oferecida pelo posto *Simba*; um jogo de tabuleiro, da loja de brinquedos *Magic Toys*; uma bola de futebol oficial oferecida pela *Blue Sport*, loja do Senhor Renato, organizador do campeonato de futebol do bairro, e livros, oferecidos pela livraria *Machado de Assis*.

— Os grupos já foram formados — Alfredo anunciou-os um por um, Júlio e Pedro ficaram no mesmo grupo junto com Mauro, Thiago e outros sete garotos.

— Podem ir e boa sorte! — dispensou-os Alfredo.

A algazarra foi enorme. Todos falavam ao mesmo tempo e faziam planos, alguns até já sonhavam com os prêmios.

— Eu quero mesmo é a roupa nova. Os livros eles podem guardar.

— Pois eu só estou interessado na bola oficial.

— Por mim, qualquer coisa serve, desde que eu ganhe...

Pedro e Júlio escutavam calados.

— Precisamos começar a bolar uma apresentação legal. — disse Júlio a Pedro, quando se afastaram um pouco dos outros.

— Eu não estou com cabeça pra isso, Júlio, sinto muito.

— Tudo bem! Deixa comigo que eu dou conta do serviço.

— O quê?!

— Eu me viro, Pedro.

— Ah!...

— Então, vou indo. Vou falar com os outros — Júlio se despediu e saiu correndo, gritando por Thiago e outro garoto que iam mais a frente.

Pedro foi direto para o chuveiro tomar um banho. Naquela tarde, ainda houve treino e, no fim do dia, Pedro estava exausto, só pensando em dormir um pouco, mas sabia que estava em falta com Júlio por não ter lhe contado o que tinha descoberto sobre o seu passado. Saiu para procurar o amigo e não foi difícil encontrá-lo no pátio, reunido com os outros garotos da equipe da gincana. Estava gesticulando e falando muito, enquanto os outros garotos bocejavam ou olhavam para os lados, todos com cara de tédio.

— Seria melhor se nós escolhêssemos um nome pra nossa equipe. Nada de números ou letras, um nome é bem melhor. Podemos votar se vocês quiserem.

— Não, Júlio! Pelo amor de Deus! Você pode escolher — disse um dos garotos.

— Confiamos em você — completou Thiago.

Estavam todos loucos para que aquilo acabasse e pudessem sair de perto de Júlio.

— Então, se vocês não se incomodarem, eu já escolhi, será *Equipe Falcão*, o que acham?

— Ótimo, ótimo.

— É. Maravilhoso — Thiago respondeu, sem muita animação. E foram saindo todos.

— Ei! Esperem aí! Ainda não decidimos o que vamos apresentar — mas Júlio não obteve resposta, todos já iam longe. Pedro se aproximou rindo.

— Tudo bem, Júlio? Já organizou tudo?

— Quase tudo. Fui o escolhido pra responder as perguntas do desafio, e o nome da equipe será *Falcão*, mas ainda não sabemos que apresentação fazer, nem quem vai jogar o quê. E o pior é que temos pouco tempo pra organizar tudo.

— Hoje é segunda-feira, Júlio, faltam três semanas ainda. Tem muito tempo pela frente.

— Não conte com isso!

— Vai dar tudo certo, tenho certeza — Pedro deu um tapinha nas costas do amigo e sentou-se no banco, convidando-o a fazer o mesmo.

— O que foi, Pedro? Você está estranho...

— É que descobri uma coisa incrível sobre você, Júlio.

— O que foi? — perguntou Júlio, interessado.

— Rugebom me contou sobre o seu passado.

— Meu passado? Mas o que ele sabe sobre o meu passado? — Júlio franziu a testa.

— Era essa a novidade que Lara falou que eu tinha pra te contar. Nós nos encontramos com ele e Thalía pra uma palestra naquela noite em que ganhei o localizador. No final, ele nos levou pra um lugar na floresta e nos contou tudo.

— Tudo o quê? Fala logo! — Júlio sacudiu o braço de Pedro desesperado.

— Tudo bem, fica calmo, que eu conto tudo.

E Pedro contou tudo o que sabia sobre a doença de Júlio e como seus pais o curaram, sobre como se apegaram a ele durante o tempo em que passaram juntos. Falou ainda sobre o interesse de Rugebom em Thalía e só omitiu a desconfiança de Lara em sua lealdade para não magoá-lo. No final, Júlio estava emocionado e tentava esconder uma lágrima que teimava em cair.

CAPÍTULO 11

A Gincana

Pedro e Júlio subiam juntos para o dormitório quando Júlio parou de repente.

— Espere, Pedro. Não vamos deitar agora, vamos subir e tentar acionar o localizador; deve haver um jeito de encontrar os... — fazendo um certo suspense, Júlio olhou para os lados certificando-se de que não havia ninguém e abaixando o tom de voz completou — ... mintakianos.

O rosto de Pedro iluminou-se, e ele não precisou de muito tempo para concordar.

— Vamos nessa!

Os dois ficaram um bom tempo na sala de TV, mexendo no localizador, mas não descobriram nada de novo. O máximo que conseguiram foi ver um assalto bem de perto, o que os deixou muito chateados, já que não havia nada que pudessem fazer. Pedro desativou o localizador e foram para o dormitório. Desanimados como estavam não era nada fácil dormir e ainda rolaram na cama por algum tempo.

Assim que adormeceu, Pedro se percebeu sobre o telhado do abrigo. E lá estava, logo acima dele, a nave de Rugebom.

— Transporte! — ordenou Pedro e um segundo depois já se encontrava lá dentro. Sentou-se ao lado de seu guardião e perguntou:

— Pra onde vamos?

— A lugar nenhum, Arfat. Estou aqui para te avisar que terei que me ausentar por um tempo e que deveremos nos encontrar novamente em algumas semanas, mais precisamente daqui a três domingos e, dessa vez, será durante o dia. Você poderá trazer Júlio com você, se quiser.

O rosto de Pedro iluminou-se. Rugebom não precisou de resposta.

— Nós vamos ter uma gincana no mesmo dia, e Júlio vai participar de uma das tarefas — lembrou-se Pedro, preocupado.

— Melhor ainda. Assim será mais fácil para vocês se ausentarem sem levantar suspeitas. Esperem Júlio competir e venham.

— E onde vamos nos encontrar?

— Me dê o seu localizador.

— Não está comigo... — começou Pedro, admirado por percebê-lo na cintura; até então não o havia sentido.

— Ative-o, Arfat — Pedro obedeceu e Rugebom lhe mostrou o local exato do encontro.

— É perto do abrigo — observou Pedro.

— Assim não se ausentam por muito tempo. Estarei esperando por vocês. Minha nave estará lá.

— Mas, e se eu esquecer onde é?

— É só tocar aqui e o local fica salvo na memória do localizador — disse Rugebom, mostrando como fazer.

— Júlio vai ficar louco só em pensar em entrar em uma nave de verdade — comemorou Pedro.

— Mas não será a primeira vez, Arfat.

— É, mas ele não se lembra.

— Então está bem meu amigo, preciso ir.

Mas Pedro não se contentou em voltar para o abrigo sem perguntar sobre o novo equipamento de Lara.

— Mas, Rugebom, por que eu também não ganhei um comunicador como a Lara?

— Porque não precisa dele, Arfat, mas se quiser posso providenciar-lhe um.

— E por que você achou que eu não preciso de um?

— Porque se você precisar de ajuda é só se comunicar comigo através de seu sétimo sentido. Use a força do seu pensamento. Os outros Medjais é que podem precisar de alguma ajuda e o usarão para entrar em contato com seus guardiões ou com os outros Medjais. Repito, você não precisa disso.

Pedro concordou, indeciso.

— Agora preciso ir, Arfat. Tenho uma reunião importante com os outros guardiões.

— Combinado, Rugebom.

— Até.

Jonas parecia um leão. Vinha com Thiago pelo corredor, praticamente arrastado pelo braço. Pedro e Júlio vinham pelo lado contrário.

— Vocês estão mesmo encrencados. Não vou me espantar se forem mandados logo pro outro abrigo, antes dos outros.

— Está falando com a gente, Jonas? — perguntou Júlio, esperando resposta negativa.

— Vocês sabem que sim. Dona Malva está esperando por vocês. Não quero nem imaginar o que vai fazer. Ela está furiosa.

Os três garotos o seguiram resignados e já imaginando do que se tratava a fúria de Malva. Alfredo havia saído o dia todo, e ela certamente aproveitaria a oportunidade para castigá-los apropriadamente.

— Eu disse que não ia dar certo — sussurrou Pedro para Júlio.

— Vira a boca pra lá!

Thiago suspirava sem parar, desolado com o que certamente lhe estava prestes a acontecer.

A porta da sala de Malva estava entreaberta. Jonas bateu de leve.

— Dona Malva, achei os garotos.

— Pode entrar, Jonas. Deixe-os aí e pode cuidar dos seus afazeres.

Thiago se agarrou ao braço de Jonas e parecia ter usado algum tipo de cola, pois Jonas teve dificuldade em se livrar. Frente a frente com Malva, os três não tinham palavras. A diretora os olhou com seus olhos de águia e falou, entredentes:

— Vocês fazem ideia da vergonha que me fizeram passar?

Os três franziram as sobrancelhas.

— Vão me dizer que não fazem ideia do que estou falando?

Como ela obviamente esperava que alguém respondesse, Júlio deu uma cotovelada em Thiago que, assustado, deu um passo à frente. Sem alternativa, diante do empurrão e da sua reação, Thiago teve que responder.

— Não, senhora. A gente não faz ideia.

— Então me deixem explicar. Os três aprontaram de tudo e mais um pouco dessa vez. Quem lhes deu o direito de ir buscar ajuda pro abrigo com os vizinhos? — na metade da frase, ela já estava gritando.

— Mas nós só falamos com o Seu Renato e o Seu Antônio — Thiago já havia se arrependido de falar. O rosto de Malva ficou vermelho de raiva, e ela gritava, cuspindo para todos os lados.

— Só?! Você ainda diz que falou *só* com o Renato e o Antônio?

— Mas, Dona Malva — arriscou-se Júlio. —, eles vão ajudar ou não?

— Claro que não! Disseram que não têm o dinheiro. Mas não é isso o que interessa aqui, e sim o que vocês aprontaram — Malva estava muito nervosa, gritava e bufava ao mesmo tempo — Eu passei a maior vergonha de minha vida com esses vizinhos enxeridos se metendo na nossa privacidade, sabendo de tudo o que acontece por aqui, como se eu fosse incapaz de dirigir o abrigo por mim mesma!

Os garotos se encolheram. A porta se abriu de supetão. Alfredo, Mariana e Jonas entraram muito preocupados.

— O que é isso, Malva? Perdeu a cabeça, minha irmã? Por que está falando assim com os meninos? E pelo que eu sei, quem dirige esse abrigo sou eu e não você — Malva se engasgou e tentou se recompor, ajeitando a roupa e os cabelos.

— Você pode ter ouvido uma parte da conversa, mas não sabe o que esses três aprontaram. Eles foram capazes de roubar as chaves de Jonas e sair escondidos do abrigo. Já imaginou se algo de ruim acontecesse? A responsabilidade seria nossa.

— Tenho certeza de que eles não fizeram por mal e que isso não irá se repetir — disse Alfredo para os três, visivelmente decepcionado.

— Mas eles têm que ser punidos! — gritou Malva, numa voz desafinada por perceber no meio do caminho que gritava e tentara diminuir o tom.

— Certo — concordou Alfredo, triste. — Nada de televisão por duas semanas.

— Só isso?! — Malva estava inconformada.

Ignorando a irmã, Alfredo se dirigiu a Mariana.

— Leve os meninos daqui.

Os meninos, que até então mantinham as cabeças baixas, respiraram aliviados.

— Venham comigo, queridos. Eu cuido de vocês — disse Mariana, com seu jeito maternal, praticamente arrastando Pedro em direção à cozinha.

Ainda ouviram Alfredo dizer à Malva:

— E nós, minha irmã, vamos ter uma conversa — e fechou a porta da sala.

Desanimados, os garotos seguiram Mariana, sem reclamar. Ela acendeu as luzes da cozinha e os sentou junto a uma pequena mesa, perto do enorme fogão industrial. Em seguida, acendeu o fogo e colocou um litro de leite para ferver.

— Eu tenho uma receita ótima pra curar o problema de vocês — dizia a cozinheira, enquanto abria a geladeira e de lá tirava um pote de requeijão, um recipiente com fatias de mortadela e queijo, algumas folhas de alface e um tomate. — De barriga cheia tudo se resolve melhor.

Ela ajeitou tudo sobre a mesa e preparou o maior sanduíche que Pedro já tinha visto em toda a sua vida. Júlio e Thiago já salivavam. Mariana tirou uma lata de achocolatado do armário e misturou um pouco no leite quente. Os meninos se serviram, famintos. Mariana puxou uma das cadeiras e sentou ao lado deles.

— Eu acho que o que vocês fizeram foi muito bonito.

— Bonito, Mariana?! — Pedro quase engasgou.

— Sim, meu bem. Vocês se arriscaram pra salvar o abrigo. Fizeram o que acharam ser o melhor. Assim como uma família, estavam dispostos a se sacrificar pelos outros. Verdadeiros anjos da guarda do abrigo. Bonito mesmo — concluiu, passando delicadamente a mão pela cabeça de cada um. Jonas, que ouvia do batente da cozinha, ficou indignado:

— Só você, Mariana, pra achar isso bonito. E comparar esses pestes com anjos — Jonas saiu sacudindo a cabeça em sinal de discordância.

Aquelas semanas, apesar dos pesares, passaram rápido. Por sorte, não tiveram prova na escola e Júlio pôde se dedicar completamente à gincana. É claro que ele estava ansioso para entrar em uma nave espacial, mas tinha tomado a decisão de não pensar nisso naquelas semanas.

Pedro passou quase todo o tempo se dedicando a encontrar os mintakianos e a discutir com Lara uma forma de ataque. Tentaram também de todas as formas lembrar de tudo o que haviam aprendido em seus treinamentos secretos, mas essa parecia ser uma tarefa impossível assim como localizar os mintakianos. O resto do tempo livre era para os treinos de futebol.

Júlio, mesmo na escola, só pensava e falava na gincana e não passava mais tanto tempo com Pedro e Lara. Dedicava-se completamente à peça que iriam encenar. Pedro já o havia advertido sobre o encontro com Rugebom, e ele estava ansioso para conhecê-lo, ou melhor, reencontrá-lo. No entanto, era por demais perfeccionista para deixar a gincana de lado. Queria que tudo estivesse muito bem organizado, mesmo que não fosse estar lá durante todo o tempo.

— E então, Júlio? Tudo pronto pro nosso passeio? — perguntou Pedro um dia antes do combinado.

— Claro. A gincana já foi toda organizada.

— E os garotos? Reclamaram por eu não estar participando muito dos preparativos?

— Você está brincando? Eles são os primeiros a fugir de mim. Não teve nem uma vez sequer que eu conseguisse colocar todos juntos ao mesmo tempo. Eles nem notaram a sua falta.

— Ufa! Que bom! Eu não estou com cabeça pra isso e, além do mais, o treinador não está me dando trégua.

— Não esquenta.

— E a apresentação, você já sabe o que vai ser?

— Sei, decidi fazer uma peça sobre um garoto órfão que descobre ser filho de agentes secretos que passaram doze anos como prisioneiros em um país distante. O orfanato em que ele morava estava passando por dificuldades, e os garotos foram separados e mandados pra vários outros lugares. No dia em que ele ia embora, seus pais voltaram pra buscá-lo. Não é legal?

— Nem imagino de onde você tirou essa ideia — disse Pedro, rindo. — Acho que todos vão gostar, ainda mais que poderia ser qualquer um de nós. Mas vai dar pra contar tudo isso em meia hora?

— Vai. Já ensaiamos bastante. Na verdade, eu sou o diretor. O texto é pequeno, e eles não vão ter que decorar muita coisa. O narrador é que vai falar mais, mas vai ler o tempo todo e não precisa decorar. O Felipe vai ser o narrador e vai resumindo tudo a toda hora. O Thiago vai ser o pai e o chato do Mauro vai ser o órfão. Fazer o quê... Foi o que fez melhor o papel.

— Está muito bom, Júlio! Quem sabe ganhamos alguma coisa legal.

No domingo, levantaram cedo. O pátio já estava todo arrumado. Havia seis barracas de lanches. Uma de cachorro-quente, uma de hamburguer e batatas fritas, uma de sanduíche natural, uma de doces, uma de refrigerantes e sucos e uma última, só para os meninos do abrigo. Nessa barraca, que ficava um pouco afastada, os meninos podiam se servir de graça das mesmas coisas que havia nas outras. As mesas de pingue-pongue e de futebol de botão haviam sido trazidas do salão de jogos para a área coberta. Um pequeno palco foi improvisado com caixotes de madeira virados e contornado por cortinas que eram sustentadas por cordas de roupas. Muitos dos convidados estavam ajudando na organização, o vai e vem era grande. Às dez horas da manhã, Alfredo fez um pequeno discurso e deu início à gincana. Trouxeram um aparelho de som, e um rapaz de cabelos compridos não deixava que parasse de tocar, emendando uma música na outra.

A primeira tarefa seria o desafio, e Júlio estava estalando os dedos de nervosismo. Não só pelas perguntas que teria de responder, mas por saber que em algumas horas iria se encontrar com Rugebom e ver uma nave espacial.

— Não se preocupe, Júlio. Vai dar tudo certo — disse Thiago. — Ninguém daqui é páreo pra você.

— É isso aí, Júlio — completou Pedro.

— Atenção! Agora se iniciará o desafio — anunciou Malva ao microfone, auxiliada pelo rapaz do som. — Cada equipe indicou um concorrente e, como foi sugerido por Júlio, cada uma escolheu o seu próprio nome. Conforme eu for dizendo os nomes, por favor, venham para a frente. Equipe *Lebre*: Fernando, Equipe *Falcão*: Júlio, Equipe *Mais Esperta*: Davi, Equipe *Sabichões*: Enzo, Equipe *Fera*: João Pedro e finalmente, Equipe *Animal*: Miguel... mas é cada nome... — Malva sacudiu a cabeça e devolveu o microfone ao rapaz do som.

— Boa sorte, Júlio! — desejou Pedro, dando um tapa nas costas do amigo.

— Quero lembrar-lhes que os prêmios serão entregues somente ao final do evento — anunciou Malva, puxando o microfone da mão do rapaz.

Os seis garotos ficaram de pé sobre o palco, um ao lado do outro, na ordem em que ela os havia chamado, começando por Fernando; Júlio era o segundo. Na frente de cada um deles, havia uma mesa escolar com cartões brancos e canetas pretas.

— Sentem-se, por favor — ordenou Malva, tentando ser delicada, mas longe de conseguir. — Serão feitas dez perguntas. Uma de cada vez, é claro. Para cada pergunta, há um cartão em branco para que vocês escrevam a resposta. Quando eu mandar, levantem os cartões mostrando a todos. Não falem nem olhem para os lados. Cada pergunta vale dez pontos e, quem fizer mais pontos, será o vencedor. Vocês terão de dois a cinco minutos para respondê-las, de acordo com o grau de dificuldade da pergunta. Alguma dúvida?

É claro que, conhecendo Malva como conheciam, nenhum deles se atreveria a ter dúvidas. Ela se deu por satisfeita e fez sinal para o rapaz de cabelos compridos. Imediatamente ouviu-se um som aterrador, como de soldados marchando para uma guerra. Malva escolhera previamente toda a trilha sonora do evento. Após alguns minutos de suspense, em que ela encarou cada um dos presentes até que cada um fizesse silêncio, finalmente deu início ao desafio.

— Primeira pergunta... — ela abriu um envelope que trazia na mão, tirou de dentro um maço de cartões e, lendo o primeiro deles, falou — Atenção meninos, eu não quero ter que repetir. Qual a fórmula química do sal?

Júlio riu de tão fácil que achou a pergunta, mas nem todos pensavam assim. Ele pegou um dos cartões que estavam sobre a mesa e escreveu a resposta, virando-o imediatamente para baixo.

— Vocês têm apenas dois minutos para virarem os seus cartões, com ou sem resposta — e marcou o tempo em seu relógio de pulso. — Pronto! Podem virar os cartões.

— A maioria estava em branco, exceto o de Júlio, em que se lia **NaCl**, e o de Davi, em que se lia **H_2O**.

— Ponto para Júlio — disse Malva — H_2O é a fórmula da água, Davi, mas valeu a tentativa, melhor do que deixar em branco como seus amigos — os outros meninos se encolheram.

— Segunda pergunta: Sabemos que um brasileiro inventou o avião, qual era o seu nome e qual o nome que deu ao primeiro avião que levantou voo? Vocês têm cinco minutos para responder.

Júlio terminou primeiro e virou o seu cartão. Miguel não conseguiu responder, coçava a cabeça nervoso, e Malva mandou que desistisse, pois já havia passado os cinco minutos. Os outros levantaram os seus cartões.

Fernando:
Santos Dumont — 14 bis

Júlio:
Santos Dumont — 14 bis

Davi:
Santos Dumont — não sei

Enzo:
Não sei — Zepelim

João Pedro:
Não lembro — Sei lá

— Foi Santos Dumont quem inventou o avião. E seu primeiro voo foi no 14 Bis. Quem respondeu corretamente fica com dez pontos. Davi, que acertou apenas uma parte da pergunta, ganha cinco pontos — disse Malva.

— Vamos agora à terceira pergunta: No dia 15 de novembro de 1889, foi proclamada a República e o fim da Monarquia no Brasil. Quem a proclamou? Coloquem, por favor, o nome completo.

Dessa vez, todos pareciam muito certos de si e responderam rapidamente. Malva pediu então para que mostrassem os cartões.

Fernando: Marechal Deodoro da Fonseca	Júlio: Marechal Deodoro da Fonseca
Davi: Dom Pedro I	Enzo: Tiradentes
João Pedro: Marechal Rondon	Miguel: Dom Pedro II

— É realmente triste, muito triste, uma vergonha à memória do nosso país — lamentou-se Malva, balançando a cabeça com tristeza. — Somente Fernando e Júlio acertaram, os outros quatro precisam estudar mais a nossa história.

— Mas que idiotas!

Pedro voltou-se para ver quem falava ao seu lado.

— Tinham que voltar pro primário, não acha? — perguntou Thiago a Pedro.

Terceira pergunta...

— Vão começar a servir o nosso lanche agora, quer ir comigo? — perguntou Thiago e, já imaginando o que Pedro diria, completou: — Júlio nem vai notar que não estamos aqui. Além do mais, já sabemos mesmo o resultado, Júlio vai acertar todas, e nós levaremos o prêmio.

Pedro estava mesmo com fome e sabia que teria que ter muita energia para mais tarde.

— Você me convenceu, Thiago. Vamos lá.

Os dois foram até a barraca onde estava escrito "lanche dos meninos" em letras garrafais numa cartolina presa na parte superior.

A fila estava enorme, todos muito eufóricos e falando ao mesmo tempo. De vez em quando, dava para ouvir a voz de Malva ao microfone:

Mais dez pontos para Júlio.

Que vergonha, Davi!

— E aí, Thiago? — cumprimentou o último garoto da fila, olhando para trás.

Mas é uma vergonha...

— E aí? Será que o rango é bom?

— Eu estou na fila pela segunda vez. Primeiro comi um cachorro quente, agora vou comer um hambúrguer e uma batata.

Próxima pergunta...

— Uau! E eu, só vi a fila agora — disse Thiago.

— Não esquenta não, tem muita coisa ainda. Você já foi ver o pingue-pongue?

— Já começou? — perguntou Pedro.

— Não, mas eles estão lá treinando; é bem legal.

— Como é que vão escolher o melhor?

— Vão sortear a primeira dupla, daí pra frente vai saindo quem perder. O que sobrar, no final, é o vencedor. No totó e no futebol de botão é a mesma coisa.

Pedro calou-se, não tinha muito ânimo para conversar, estava com medo de não conseguir sair do abrigo. Se ainda fosse só ele, seria mais fácil, mas tinha o Júlio, será que ninguém ia notar? Quando a sua vez chegou, ele escolheu um cachorro quente e um refrigerante.

Quando voltaram, o desafio estava terminando. Em um quadro branco, de pé em cima do palco, estava o placar: Júlio com 90 pontos, empatado com Fernando, Davi com 35, João Pedro com 70, Enzo e Miguel com 50.

— Décima e última pergunta: Qual a capital do estado do Tocantins?

A testa de todos franziu, e eles precisaram de todo o tempo para pensar, exceto Júlio que escreveu a resposta em menos de dez segundos.

— Chega de pensar e vamos responder! — gritou Malva. — A resposta não vai cair do céu. Ou vocês sabem ou não sabem. Vamos, mostrem logo!

Todos terminaram de escrever e levantaram os cartões, onde se lia:

— Palma é uma flor, sua besta! — alguém gritou.

— Ha! Há! Há! Parma... Era pra ser um lugar ou um time de futebol? — disse uma outra voz. Malva olhou de cara feia para os presentes e não houve mais comentários desse tipo.

Júlio, com 100 pontos no total, venceu sem errar uma pergunta sequer. Ele desceu do palco radiante e foi falar com Pedro.

— Você me viu? Eu não sou demais? Não te disse que ia ser moleza? — os outros garotos do grupo cercaram os dois fazendo uma grande festa. Assim que todos o cumprimentaram, eles puderam conversar.

— E aí, Pedro? O que você achou?

— Parabéns, Júlio. Eu sabia que você ia ganhar.

— Qual será que vai ser o nosso prêmio?

— Acho que qualquer um está bom, não é?

— É isso aí!

— Parabéns, Júlio! — disse Souza que ia passando com um hamburguer na mão.

— Obrigado, Sousa! — Júlio agradeceu e, a seguir, se dirigiu a Pedro — Estou morto de fome! Vamos comer alguma coisa?

— Quando é que você não está com fome, Júlio? — suspirou Pedro com os olhos virados para cima. — Mas tem que ser rápido, senão não vamos conseguir chegar a tempo.

— Tudo bem, eu como no caminho.

Os dois entraram na fila, que agora estava ainda maior. Pedro estava ficando preocupado e não parava de olhar para o portão e de pensar em como iam sair dali. Eles não se falaram mais. Pedro, pelos motivos óbvios, e Júlio, porque estava pensando no que iria comer.

Quando a vez de Júlio chegou, ele ainda não havia decidido o que escolher.

— Anda logo, Júlio, já está ficando tarde!

— Sim, meu filho, o que vai querer? — era dona Neném, uma das senhoras voluntárias, que servia com paciência.

— Ai, que dúvida! Posso levar um de cada?

— Não, Júlio, claro que não! — Pedro estava impaciente. Queria sair logo dali. — Escolhe logo, tem muita gente esperando. Você tem direito a um lanche e um refrigerante.

— Mas eu não consigo... — respondeu Júlio, angustiado.

Os outros garotos da fila estavam ficando nervosos.

— Anda logo aí! Dá para ser ou está difícil?

— Pega qualquer um, Júlio — insistiu Pedro.

— Escolha logo o seu, Pedro, já que ele não consegue se decidir — disse dona Neném, tentando ajudar.

— Não, obrigado! Eu já comi um cachorro-quente.

— Você pode comer de novo, se quiser. Quem sabe alguma outra coisa.

— Eu não quero, não senhora.

Dona Neném sorriu, Júlio olhou para o amigo, entre espantado e indignado.

— Quer uma sugestão, Júlio? — perguntou dona Neném. — Por que não leva um hamburguer com batatas fritas e um refrigerante? É um lanche mais reforçado.

— E pode?

— Claro, meu filho! — ela respondeu, aliviada, e já entregando o lanche.

— Por que não me disseram logo?

Júlio seguiu Pedro em direção ao portão, comendo o hamburguer. Mas antes de chegarem à saída, Pedro fez com que o amigo parasse.

— Espere! Como vamos sair daqui? Tem muito movimento. Parece que todos resolveram comer agora.

As barracas de lanche ficavam próximas ao portão e em uma posição tal que fazia com que toda a fila estivesse virada para ele. Por sorte, o portão estava aberto para que os convidados pudessem ir e vir tranquilos. Eles estavam pensando no que fazer quando ouviram a voz de Malva ao microfone.

— Atenção! Iremos iniciar agora o jogo de pingue-pongue. Venham todos, por favor! Vamos agora ao sorteio da primeira dupla...

Quase todos os garotos correram naquela direção, fazendo um enorme estardalhaço, e muitos dos convidados fizeram o mesmo.

— É agora, Júlio! Vamos! — disse Pedro, puxando-o pelo braço. Os dois correram o mais rápido que puderam e só pararam do lado de fora do portão. Na verdade, foi Júlio quem parou para recuperar o fôlego e engolir um punhado de batatas fritas que havia enfiado na boca. Caminharam lentamente dando a volta no abrigo e ouviram ao longe a voz de Malva que dizia:

Marcos e João Pedro serão os primeiros competidores. Boa sorte, meninos! Podem começar!

CAPÍTULO 12

O ataque

Logo atrás do abrigo, havia um morro. Uma comunidade ocupava boa parte dele, mas somente de um lado, o outro estava vazio.

— E então, Pedro, pra onde vamos agora?

— Rugebom usou o localizador e me mostrou o local exato onde a nave estaria, é logo ali — passando a mão pelos bolsos, exclamou — Ah, não!

— O que foi, Pedro?

— Esqueci de trazer o localizador.

— E era pra trazer?

— Não sei. Da última vez, eu precisei, não foi?

— Não se preocupe, talvez não vá precisar hoje. Você não vai querer voltar pra buscar, vai?

— É claro que não. Vamos embora, o caminho é por aqui.

— Ainda bem que você tem boa memória.

Júlio seguiu o amigo de perto, mas não sem antes enfiar o último punhado de batatas na boca. Subiram pelo canto do morro, em que não havia casas e barracos, e deram a volta atravessando uma pequena mata semifechada, o que era muito bom que existisse ali para disfarçar o que vinha depois.

A primeira coisa que Júlio reparou quando chegaram ao local combinado foi que não havia nave alguma lá. Rugebom já os esperava.

— Olá, Arfat. Correu tudo bem?

— Sim, tudo tranquilo.

— E você Júlio, como vai? Com certeza, não deve se lembrar de mim.

— Não, não lembro mesmo. Tudo bem? — Júlio estava maravilhado com Rugebom. Ele chegou mesmo a pensar se não teria visto uma estranha e suave luz que o envolvia.

— E sua nave, Rugebom? Onde a deixou? — Júlio perguntou sem conseguir se conter.

— Está aqui mesmo, Júlio. Alguns metros à sua frente — disse Rugebom, apontando para uma área que parecia completamente vazia, exceto pelo mato rasteiro.

Júlio apertou bem os olhos e, com ar de incredulidade na voz, afirmou:

— Mas não tem nada ali, Rugebom.

— Venha ver mais de perto, Júlio — Rugebom deu alguns passos à frente, sendo seguido pelos dois e apontou para o chão.

— Veja!

Júlio se aproximou e espichou o nariz por cima do braço de Rugebom. Maravilhado, viu uma grande marca na grama.

— Uau! Tem mesmo alguma coisa aqui! Só que não estou vendo nada além das marcas no chão.

— Olhe com firmeza para onde se encontra o centro da nave e espere um pouco — Pedro tentava ajudá-lo.

A nave aos poucos foi surgindo diante dele, primeiro meio transparente, como uma bolha de sabão, depois mais e mais nítida até tornar-se completamente visível. Ela era exatamente como ele havia imaginado pela descrição de Pedro.

— Caramba! O que é isso, minha gente?! Como é que pode?! — a voz do garoto saiu muito estranha, um pouco alta, um pouco desafinada.

Pedro precisou prender o riso, Rugebom explicou:

— A nave não fica exposta, Júlio, seria muito perigoso.

Júlio prendia a respiração sem perceber.

— Não houve tempo naquele nosso último encontro para te explicar mais sobre o localizador, Arfat. Você o trouxe hoje?

— Não — Pedro sabia que aquela não era a resposta que Rugebom gostaria de ouvir. — Eu tentei fazer com ele aparecesse aqui, como fiz daquela outra vez, mas não sei como. Desculpa...

— Não se desculpe, meu amigo. Mas é uma pena, um equipamento como aquele deveria estar sempre com você.

— Até na escola? — perguntou Júlio.

— Não, Júlio, na escola não. Mas é imprescindível quando em missão.

— Então estamos em uma missão? — Júlio estava eufórico.

— E agora, o que vamos fazer? — perguntou Pedro a Rugebom.

— Nada, Arfat. Não há problema, posso te explicar alguma coisa, mesmo sem ele. A vantagem de tê-lo aqui é que poderíamos ativá-lo de uma vez. Na lateral de seu localizador, há um dispositivo facilmente identificável por ter uma cor diferente, que serve para programá-lo e encontrar uma pessoa ou um grupo de pessoas em especial.

— Então posso encontrar os mintakianos? — perguntou Pedro, percebendo onde Rugebom queria chegar.

— Sim, Arfat, agora será fácil. Mas não faça nada sem falar comigo primeiro.

— Pode deixar, Rugebom.

— Já perdemos tempo demais, amigos, vamos entrar?

— Na nave? — perguntou Júlio, nervoso.

— Sim, Júlio, na nave — Pedro respondeu com um sorriso no rosto.

— Uau! — deixou escapar Júlio.

— Abra! — ordenou Rugebom para a nave, fazendo com que sua lateral se abrisse em forma de escada.

Júlio subiu logo após Pedro, com as pernas trêmulas. Eram três acentos na nave. Pedro estranhou, pois nunca havia reparado que houvesse mais de dois. O de Júlio ficava atrás, no meio dos outros.

— Que tal darmos uma voltinha primeiro, Júlio? — perguntou Rugebom. Pedro sabia muito bem o que ele queria dizer.

— Tudo bem — respondeu Júlio sem fazer ideia de que a voltinha seria um passeio ao espaço sideral.

Rugebom fez o mesmo itinerário que fez com Pedro na primeira vez, saindo primeiro da atmosfera terrestre para que eles pudessem admirá-la por inteiro, depois dando a volta por todo o planeta, aproximando-se ao máximo dos lugares mais magníficos. A certa hora do passeio, Júlio começou a ficar preocupado.

— Rugebom, as pessoas não estão nos vendo?

— Não. A nave tem um dispositivo de invisibilidade — dessa vez, foi Pedro quem respondeu.

— Ahh... Mas dá um medo, né? Com esse chão transparente, parece que estamos voando soltos e que podemos cair a qualquer momento. Não corremos esse risco, não é Rugebom? — perguntou Júlio preocupado e, sem esperar resposta, continuou — quero dizer, não se ouve falar por aí em batidas de naves espaciais ou que alguma nave caiu... Quer dizer, teve aquela vez lá nos Estados Unidos, mas tem muito tempo e...

— Não se preocupe, Júlio, você está seguro — respondeu Rugebom. Júlio relaxou e aproveitou melhor o passeio. Ao retornarem ao céu brasileiro, Rugebom falou — Agora chega de diversão e vamos ao que interessa.

— Pra onde vamos, Rugebom? — perguntou Pedro.

— Para a clareira, Arfat.

Não demorou para chegarem ao centro da Floresta Amazônica. Júlio levou um grande susto quando viu que seguiam direto para as árvores fechadas e achou que fossem se esborrachar, mas Rugebom fez uma manobra por uma abertura entre as árvores, deixando a nave inclinada, e eles passaram sem problemas. Júlio respirou fundo. Rugebom deixou a nave no mesmo local de sempre. Dessa vez, havia poucas naves lá.

— Nunca vi este lugar com tão poucas naves, Rugebom. A palestra vai ser para poucos?

— Não viemos para uma palestra, Arfat.

— Não?

— Não. Iremos para o Posto Central. Onde você recebeu o seu localizador.

— Ah, então é esse o nome daquele lugar. Olha, Júlio, foi aqui que Rugebom nos contou sobre você — Pedro explicou.

Ao chegarem à entrada da gruta, pararam. Para todos os efeitos, estavam diante de um monte de terra e vegetação. Nada fazia parecer que havia uma entrada ali.

— Chegamos — disse Rugebom.

— Onde? — perguntou Júlio olhando de um lado para o outro, sem entender.

— Posso contar, Rugebom?

— Não, Arfat, assim não haverá emoção.

— Emoção? Como assim? — perguntou Júlio enquanto era empurrado por Pedro para seguir atrás de Rugebom, que já havia entrado.

Desceram a primeira parte em silêncio, e Júlio levou um tremendo susto quando foi sugado corredor abaixo. Gritou feito um louco até cair sentado no chão. Pedro, já mais experiente, caiu de pé dessa vez.

— Maneiro! Dá pra ir de novo?

— Fica pra próxima, Júlio — respondeu Pedro, franzindo a testa.

Os três passaram pelo mesmo caminho que Pedro e Rugebom haviam passado da outra vez. Júlio parou estático e pensou que fosse desmaiar quando viu os estranhos seres de braços compridos.

— Respira fundo, Júlio — disse Pedro, passando a mão em seu ombro; e vamos logo, senão não dá tempo.

— Tempo de quê? — perguntou Júlio, saindo da inércia em que estava.

— Não sei. Rugebom não me contou ainda o que viemos fazer aqui.

Na segunda sala onde havia o tubo, Pedro explicou a Júlio:

— Aquilo é o fogo líquido — Rugebom sorriu e nada disse.

— Abra! — ordenou Rugebom ao chegarem ao final da sala. A porta da nave-sala se abriu debaixo para cima. Mallick já os esperava.

— Como vão, meus caros? E você, Arfat, aproveitando bem o localizador? — Pedro entendia tudo o que ele dizia, embora soubesse que ele falava em outra língua. Júlio não estava entendendo nada e achou muito estranho que Pedro também falasse em tal língua e nunca tivesse lhe dito nada. Além do mais, devia ser uma língua meio incomum, já que Mallick era bem diferente deles. A cauda, então, era o que mais chamara a atenção de Júlio.

— Este é Mallick, Júlio, disse Rugebom, já de forma compreensível para ele.

— E aí, tudo bom?

— Não sabe quem eu sou, Júlio? — perguntou Mallick, também se fazendo entender.

— Ainda não.

— Mallick é o chefe da equipe médica que te curou, Júlio — explicou Rugebom. Pedro e Júlio ficaram atônitos.

— Mesmo? Puxa! Muito obrigado! Nem sei o que dizer.

— Não precisa dizer nada. Fico muito feliz em vê-lo aqui colaborando com a missão.

— Venha, Arfat, deixemos Júlio conversando um pouco com Mallick enquanto resolvemos os nossos assuntos.

Enquanto Pedro e Rugebom saíam por uma porta, Mallick levava Júlio através de outra, na direção oposta.

— Venha, Júlio. Acho que tenho algo que será de seu interesse.

Júlio seguiu-o curioso por um corredor onde haviam grandes placas transparentes alternadas que davam para outras salas. Através delas, Júlio viu um mundo totalmente novo. Representantes de diversos povos do Universo estavam ali reunidos, alguns trabalhando, outros simplesmente conversando.

Ao passar por uma dessas placas, viu Rugebom e Pedro conversando com um casal, tão altos quanto Rugebom, certamente alnitakianos como eles.

— Abra! — ordenou Mallick a uma parede, que se abriu.

— Uau! — sussurrou Júlio.

Entraram em uma pequena sala, cujas paredes eram incrivelmente translúcidas e de um amarelo tão suave que trazia muita tranquilidade a quem ali estivesse. Embora as paredes fossem translúcidas, não se podia ver nada além da própria sala. Em uma das paredes, havia uma série de arquivos com inscrições de datas e locais.

— O que é isso, Mallick?

— Aqui é onde arquivamos tudo que pode vir a ser útil para a nossa ciência interplanetária. Todas as descobertas científicas e tecnológicas estão aqui arquivadas.

— Nossa! Você acertou mesmo. Eu me interesso muito por esses assuntos.

— Não foi bem para isso que te trouxe aqui, Júlio.

— Não? E para que foi, então? — perguntou, curioso.

Mallick puxou um pequeno disco como um CD muito pequeno e fino, completamente transparente.

— Aqui estão gravados todas as minhas pesquisas e descobertas científicas neste planeta.

Mallick levou o disco até uma reentrância na parede que Júlio ainda não havia percebido. O disco se encaixou perfeitamente e dele saíram feixes de luzes multicoloridas que projetavam imagens surpreendentes na parede em frente.

— Em um exame de rotina, eu e minha equipe descobrimos a existência de um vírus letal neste pequeno ser terreno. Você o reconhece, Júlio?

As lágrimas corriam pelos olhos de Júlio, sem que ele se preocupasse em detê-las. Ali, frente a frente, estavam ele e as suas lembranças esquecidas. Um rechonchudo bebê no colo de uma mulher de incríveis olhos azuis, com cabelos loiros que começavam no alto da cabeça e caíam-lhe pelos ombros. Ela o abraçava e o acariciava como uma verdadeira mãe. Ele segurou em seu dedo com toda a força e o levou à boca; ela sorriu e lhe deu um beijo maternal nos cabelos encaracolados. Era a mesma mulher que vira com Pedro e Rugebom através das placas da parede.

— Essa é Shannyn, Júlio. Ela cuidou de você com dedicação durante os seus primeiros meses de vida. Ela teria ficado com você se pudesse.

Júlio estava muito agradecido a Mallick, tão agradecido que não tinha palavras para demonstrar isso. Mallick compreendeu e mostrou a ele todo o processo de cura pelo qual passara através de tratamentos com a energia das luzes e das cores, muito estranhos e complexos para que Júlio os entendesse.

Algum tempo antes, logo após deixarem Júlio com Mallick, Pedro e Rugebom foram para outra sala.

— O cerco está se fechando, Arfat. Hoje iremos traçar nossas metas finais de ataque aos mintakianos. Precisamos detê-los antes que eles encontrem todos os Medjais. Sabemos que já estão vigiando muitos de vocês e só esperam o momento certo para o ataque, talvez um em que estejam todos juntos.

— O que vamos fazer, Rugebom?

— Não sou eu que vai lhe responder essa pergunta, Arfat. Estão aqui esperando por você pessoas muito mais qualificadas do que eu. Abra! — ordenou Rugebom a uma parede que se abriu imediatamente.

Pedro imaginava quem seriam essas pessoas quando se viu frente a frente com Shenan e Shannyn. Sem pensar duas vezes, correu para os braços da mãe e a abraçou como nunca havia feito antes. Depois, abraçaram-se os três e ficaram por um bom tempo sem nada dizer.

— Meu filho... — começou Shenan. — Rugebom já lhe adiantou o que viemos fazer aqui. Você precisa descobrir onde os mintakianos se encontram para que, junto com os outros Medjais, possam derrotá-los todos de uma vez e expulsá-los da Terra, impedindo-os de provocarem uma nova catástrofe.

— Mas por que eu, pai? — Pedro gostou do som desta palavra.

— Você já deve ter notado que é especial, meu filho — respondeu Shannyn. — Você tem poderes que nem mesmo nós conhecíamos. Você é a grande esperança de toda a Frota Estelar.

— Mas como, se não sei usar esses poderes direito?

— Isso não importa, Arfat. Quando o momento pediu, você pôde usá-los, não foi? Dessa vez, não será diferente — Shenan tinha a mão no ombro do filho.

— Tenha confiança em si mesmo — disse Shannyn.

— Está bem. O que devo fazer?

— Comece ativando o localizador todos os dias — ela respondeu. — Não será fácil encontrá-los, mas você deve começar o quanto antes. Assim que localizá-los e descobrir quando estarão todos juntos, contate Rugebom, dessa forma todos os Medjais e seus guardiões serão avisados. Todos já estão sendo preparados com treinamentos específicos para quando for a hora. Cada um desenvolvendo suas melhores habilidades, que, no seu caso, são muitas. Lembre-se, meu filho, nossa força e nosso pensamento estarão sempre com você. Você é uma parte de nós e, um dia, estaremos juntos novamente. Tenha confiança em si mesmo, você é o único capaz de encontrá-los.

— Mas qualquer um que tivesse um localizador também poderia, não?

— Não, Arfat, eles veriam apenas um grupo de pessoas comuns reunidas. Somente você pode vê-los como realmente são, na sua forma original.

— Como têm tanta certeza disso?

— Porque Nephos contou a Rugebom.

Então Nephos sabia de mais coisa do que queria contar, pensou Pedro.

Ainda conversaram um pouco até que Shenan e Shannyn precisaram se despedir, pois tinham que partir em mais uma missão. Não tiveram tempo naquele dia de encontrar-se com Júlio. Rugebom e Pedro se despediram dos dois e voltaram para a sala em que se separaram de Mallick e de Júlio e onde esses já se encontravam. Os três se despediram de Mallick. Pedro e Júlio, muito emocionados com os acontecimentos, pegaram o elevador para voltar à entrada do túnel.

Ainda chegaram ao abrigo a tempo da entrega dos prêmios. Foi fácil entrar sem serem vistos, pois Malva estava de pé sobre o palco, microfone em punho e todos estavam atentos ao que ela dizia. Ela ajeitou bem os cabelos, depois passou as mãos sobre a saia e disse:

— Atenção! Atenção! Por favor, aproximem-se todos para o grande momento do dia. É hora de entregarmos os prêmios. Quero que venham até aqui todos os integrantes da equipe *Falcão* para receberem das mãos dos patrocinadores os seus prêmios.

— Vamos receber tudo?! — espantou-se Thiago.

— Fechamos com chave de ouro, hein? — piscou Júlio para Pedro ao receber a sua bola.

Na segunda-feira, na escola, os três amigos, ansiosos por estarem sozinhos, correram para o seu canto predileto. Só que, dessa vez, ele estava ocupado. Guto estava lá com um garoto mal-encarado.

— Chispa daí que esse lugar tem dono — ordenou Júlio corajosamente.

— É mesmo? — Guto olhou para os lados com ar debochado — Que engraçado... Não estou vendo nenhuma placa "Só para idiotas" por aqui.

Guto soltou uma gargalhada rouca e foi imitado pelo outro garoto.

— Deixa pra lá, Júlio. Vamos procurar outro lugar — disse Lara, segurando-o pelo braço e impedindo-o de esganar Guto.

— É isso aí, gatinha! Os incomodados que se mudem — disse Guto.

O sangue de Pedro e de Júlio ferveu. Como Guto ousava chamar Lara de gatinha com essa intimidade que nem eles tinham? Os dois se aproximaram de Guto, os olhos faiscando. O outro garoto se encolheu, mas Guto se endireitou ainda mais e os encarou com olhar frio.

— Vão fazer o quê, seus trouxas? — provocou Guto.

Lara precisou ser rápida e se colocar entre eles, de frente para Pedro e Júlio.

— Não vale a pena, garotos. Temos coisas mais importantes para nos preocupar — Lara deu um braço para cada um e seguiu em direção ao pátio da escola, caminhando bem devagar com eles.

— Idiota! — Guto deu um soco no braço do garoto ao seu lado. Este limitou-se a por a mão no local e esfregar.

— Vamos sentar no canto da quadra, aproveitando a sombra do muro — disse Lara, assim que se afastaram o suficiente.

— Qualquer dia eu perco a cabeça e quebro o nariz desse garoto! — disse Júlio.

— Não fale besteira! Você não é assim e, desse jeito, vai se igualar a ele — disse Lara para Júlio. A seguir, se voltou para Pedro, o olhou nos olhos, e continuou falando — Você também, Pedro, tire essas bobagens de sua cabeça, eu sei muito bem o que você está pensando. Mas você é especial, muito superior ao Guto em tudo. Não deve igualar-se a ele.

Os três sentaram um ao lado do outro. Pedro no meio, tentando lembrar o que tinha ido fazer ali. Não conseguia parar de pensar no que ela tinha dito. Lara o achava especial...

— E então, Pedro? Acorda! — falou Júlio, tirando Pedro de seus pensamentos. — O que era mesmo que você ia dizer?

— Espera um pouco que já vou me lembrar. Ah, sim! Eu ia dizer que infelizmente ainda temos certas obrigações neste planeta, principalmente pela nossa idade, e temos que vir à escola todos os dias.

— E o que você queria, ficar burro pra sempre? — Júlio franziu a testa.

— Não, Júlio, claro que não. O que quis dizer é que estamos passando por uma fase difícil e que seria mais fácil se estivéssemos de férias. Melhor assim?

— Muito.

— Então tá. Eu gosto de vir à escola e aprender. Não é isso, mas precisamos descobrir os planos dos mintakianos o mais rápido possível.

Pedro e Júlio contaram tudo o que aconteceu no dia anterior à Lara. Pedro explicou a ela como usar o localizador.

— Então você vai ter que mexer nele todos os dias?

— É, foi o que o pai dele falou — respondeu Júlio.

— Não vai ser perigoso? Quero dizer, conseguir um canto todo dia pra fazer uma coisa dessas sem ser visto, não vai ser fácil.

— É, Lara, ainda não sei como vou conseguir. Conto com a ajuda de vocês na escola e no abrigo.

— Pode contar com a gente! — disse Júlio.

— Eu pensei que ia poder mexer nele hoje, mas esse tal de Guto tinha que atrapalhar...

— Não se preocupe, você vai conseguir — Lara tentou confortar o amigo.

O sinal tocou, e eles tiveram que deixar mais uma vez a conversa para depois. Por sorte, Pedro e Júlio sentavam bem longe de Guto e, assim, conseguiam evitá-lo durante as aulas.

Pedro não descansou enquanto não localizou os mintakianos. Parecia ter ganho novo ânimo depois do encontro com seus pais. Ele e Júlio passaram por todo o tipo de perigo ativando-o no abrigo. Fizeram isso no banheiro, na sala de TV e no salão de jogos durante as madrugadas. Até na sala de Malva num dia em que ela e Alfredo haviam ido à cidade.

Na escola, com Lara, não era diferente. Nos três primeiros dias, Guto se apropriou do jardim, até que um dia desapareceu da escola inexplicavelmente. Para sorte dos três, que passaram a ativar o localizador em seu canto favorito todos os dias. Pedro finalmente encontrou uma grande concentração de mintakianos em uma mata do estado de Minas Gerais. Assim como Nephos previra, Pedro podia vê-los com sua horrível aparência original, enquanto que Júlio e Lara os viam com sua aparência terrena.

— Então é esse o lugar. Deixa eu aproximar mais a imagem pra ver o que estão dizendo. Pedro tocou diversas vezes sobre o localizador até que pôde ouvir o que diziam.

— Estão falando na língua deles — constatou Lara. — Droga! Não estou entendendo nada.

— Psiu! — fez Pedro. — Mas eu sim...

Lara e Júlio ficaram quietos até que Pedro desativou o localizador. Esperaram que ele falasse.

— Já sei de tudo. Vão se reunir de novo em três dias, às duas horas da manhã. Temos que avisar Rugebom e Thalía, Lara.

— Meu comunicador não está aqui, deixei em casa.

— Faz isso hoje mesmo, está bem? — pediu Pedro, enquanto Lara assentia com a cabeça.

— O que vocês estão fazendo aqui? Não ouviram o sinal tocar? O que tanto fazem nesse canto? — era a coordenadora da escola. Os três pediram desculpas e correram para suas salas.

Pedro não conseguia entrar em contato com Rugebom. Tinha tentado usar o sétimo sentido por diversas vezes e nada.

— Acho que ele está fora do planeta, por isso não consegui achá-lo — disse para Lara no dia seguinte.

— Também não consegui encontrar Thalía.

— Isso é muito estranho. Não estou gostando — Júlio andava de um lado para o outro, tentando diminuir o nervosismo.

Pedro e Lara ainda tentaram durante todo aquele dia e no dia seguinte, sem nada conseguir. Lara havia entrado em contato com alguns dos outros Medjais, que lhe disseram também não ter notícias de seus guardiões.

— Lara, não dá mais pra esperar. A reunião deles é amanhã. Use o seu comunicador e avise a todos os Medjais. Aqui estão as coordenadas de localização dos mintakianos — Pedro entregou um pedaço de papel dobrado a Lara. — Aí também está marcado o local exato em que devemos nos encontrar na mata. É melhor irmos todos juntos.

— Você está com medo, Pedro? — perguntou Lara nervosa.

— Um pouco, mas tenho certeza de que juntos somos capazes. Ainda mais com todo o treinamento que tivemos.

No dia seguinte, ao anoitecer, Pedro tentou pela última vez encontrar Rugebom, sem resultado. Mas, confiante em seu treinamento, foi dormir cedo. Queria estar descansado para a grande batalha. Pediu o relógio de Júlio emprestado e o programou para despertar às quinze para as duas da madrugada, colocando-o ao lado do travesseiro.

Júlio estava preocupado, queria estar com o amigo e com Lara naqueles momentos difíceis, mas sabia que não era possível. Ele não tinha um olho de Horus para protegê-lo.

— Boa sorte, Pedro! Queria poder te ajudar — disse com sinceridade.

— Obrigado, Júlio! Vai dar tudo certo. Eu te conto tudo depois.

O relógio despertou precisamente uma e quarenta e cinco da madrugada. Foi só desejar e Pedro se viu sobre o telhado do abrigo. A nave de Rugebom estava lá, mas não havia ninguém dentro dela. Pedro aprendera nas últimas semanas a pilotá-la, e foi o primeiro a chegar ao local combinado. Lembrava-se agora detalhadamente de seu treinamento e sabia que em um compartimento da nave haveria um uniforme para ele, o que tratou de vestir assim que entrou. Aos poucos, os outros Medjais foram chegando, já uniformizados. Nenhum dos guardiões tinha sido encontrado.

— Bom trabalho! — disse Pedro para Lara, sorrindo. Ele achou que ela ficava bem de uniforme.

A garota o abraçou com força, e ele não soube o que fazer. Ficou desnorteado por algum tempo.

Todos os outros Medjais esperavam por um comando de Pedro, e ele percebeu. Embora achasse um pouco estranho decidir tudo sozinho, precisava fazer alguma coisa. Pediu para que todos permanecessem juntos e só se dividissem quando chegassem ao local combinado. Assim, pegariam os mintakianos de surpresa.

Guiados por Pedro, os Medjais caminharam para o interior da floresta por uns vinte minutos. Ela foi ficando cada vez mais escura e assustadora, as árvores pareciam saídas de um filme de terror e seus galhos pontudos pareciam querer agarrá-los a qualquer momento. Todos estavam tensos, mas tinham muita esperança em Pedro. Ao chegarem ao que parecia ser o centro da floresta, nada encontraram além dos vestígios de uma acampamento e algumas coisas visivelmente apodrecidas espalhadas pelo chão.

Eles se espalharam, tentando descobrir para onde tinham ido todos os mintakianos. Mas não precisaram procurar muito. Num repente, eles surgiram, dezenas deles, por todos os lados, em suas formas originais: pele cinzenta, e escamosa, olhos totalmente escuros. Usavam uniformes pretos, com símbolos desconhecidos sobre o peito. Quando Pedro percebeu ser uma armadilha, já era tarde. Os Medjais foram cercados e imobilizados tão rápido que não tiveram tempo de reagir. As armas que os mintakianos estavam usando inutilizavam até mesmo a proteção do olho de Horus no pulso dos Medjais. Elas os atingiam, um a um, prendendo-os com uma espécie de corda energética. Quanto mais tentavam se soltar, mais as cordas apertavam. Alguns dos Medjais as tinham até o pescoço e, na tentativa de fugir, se enforcavam.

Percebendo o perigo que corriam, Pedro gritou:

— Não se mexam! Não estão vendo que quanto mais lutamos mais presos ficamos? Precisamos ficar calmos pra acharmos uma maneira de fugir.

Obedecendo ao seu comando, todos os Medjais se mantiveram imóveis e as cordas que apertavam os pescoços de alguns afrouxaram.

— Hoje, você não me escapa, Arfat! — gritou um mintakiano com uma horrível cicatriz no rosto. O mesmo que havia enganado Pedro, se passando por Rugebom.

Pedro tentou mais uma vez se comunicar com seu guardião. Ignorando as ofensas e ameaças que o mintakiano continuava gritando, fechou os olhos e se concentrou o mais que podia.

Aguente mais um pouco, Arfat!, Pedro ouviu, e foi como se Rugebom invadisse sua mente e sua voz ressoasse dentro de sua cabeça. Pedro mentalizou as coordenadas do local onde se encontravam e, rapidamente, uma grande nave surgiu no céu. Ela resplandecia em um halo de energia luminosa de cor roxa que se agrupou na parte de baixo, ganhando cada vez mais intensidade. Os mintakianos enlouqueceram, alguns fugiam desesperados enquanto outros preparavam suas armas e apontaram diretamente para alguns dos Medjais. Pedro, que estava frente a frente com o mintakiano da cicatriz, torceu para que Rugebom fosse rápido o bastante.

A concentração de energia na nave explodiu como uma bomba atômica, se expandindo por toda floresta e atingindo, inclusive, os mintakianos fugidos que, assim como os seus companheiros, caíram em choque.

Pedro foi o primeiro a conseguir se soltar. Imediatamente direcionou o olho de Horus para Lara e a soltou. Fez o mesmo com muitos dos Medjais, enquanto outros eram libertos por seus próprios guardiões, já todos fora da grande nave.

Rugebom estava na liderança e os dividiu em grupos para, juntos, prenderem os mintakianos que foram agrupados no centro do acampamento, cercados por um elo de energia. A grande nave estava bem acima, e Rugebom se preparava para enviá-los para lá. Pedro respirou aliviado.

— Calma, Arfat! Está tudo bem agora. Demorei a receber a sua mensagem.

— Percebi.

Com muito esforço para se mover, o mintakiano da cicatriz apertou algum dispositivo em seu uniforme, que fez com que o elo de energia se desfizesse, libertando a todos. Alguns tomaram as armas dos guardiões ao seu lado e iniciaram uma luta acirrada. De um lado os mintakianos, do outro, os guardiões. Os Medjais acionaram o olho de Horus em seus pulsos e, ao menos, naquele momento, estavam protegidos. Pedro também acionou o seu e lutava como podia. Às vezes, de seu pulso saíam raios que atingiam algum mintakiano, mas, na maioria das vezes, não funcionava. Alguns dos Medjais também lutavam corpo a corpo. Pedro viu, espantado, que Lara manuseava uma enorme espada, e havia outros como ela, que certamente tiveram o mesmo treinamento. As espadas não matavam os mintakianos. Ao tocá-los, pareciam dar um enorme choque, o que os deixava imóveis.

— Arfat, pegue a nave! — gritou Rugebom, enquanto se livrava de um golpe.

Pedro correu até o centro do acampamento e gritou:

— Transporte! — e num instante estava dentro da grande nave.

Foi só quando se acomodou no banco de comando que se deu conta de que não sabia pilotá-la. Os controles eram muito diferentes da pequena nave de Rugebom, e não se lembrava de ter tido nenhum treinamento a respeito.

Rugebom se fez presente em sua mente. Era como se sua cabeça fosse uma enorme caixa e Rugebom falava lá dentro.

Arfat! Não se preocupe. Vou pilotá-la com você.

Pedro respirou aliviado e recebeu todas as instruções necessárias para colocar a nave em movimento. Ele sobrevoou todo o local, atingindo os mintakianos com raios imobilizantes que partiam da nave e faziam com que eles caíssem imóveis como estátuas.

Pedro estabilizou a espaçonave, ordenou que a lateral se abrisse e desceu suavemente até o chão. Lara correu para ele com a espada em punho como se fosse atacá-lo.

— Onde foi que você arranjou essa... — gritou Pedro, enquanto ela levantava a espada sobre a cabeça, preparando-se para atacá-lo. — O que você vai fazer com ela?

— Sai da frente, Arfat! — ela gritou, empurrando-o para o lado e atingindo um mintakiano que estava prestes a atingi-lo.

Pedro, caído ao chão, a admirava. Ela estava diferente, parecia mais velha, mais bonita.

Os mintakianos foram recolhidos ao compartimento de carga da espaçonave, devidamente imobilizados e desacordados. Os Medjais e seus guardiões se reuniram. Foi Rugebom quem falou:

— Nós só fomos capazes de vencer porque vocês souberam tomar a decisão certa na hora certa — todos olharam para Pedro. — Os mintakianos não foram destruídos. Serão transportados para uma nave-prisão que os levará até Katmo, um planeta-prisão. Felizmente, o plano deles falhou. Sim, Arfat. Tudo não passou de uma armadilha pra pegar os Medjais. Fomos enganados. Todos os guardiões recebemos um chamado para uma reunião de emergência em um posto fora da Terra. Ao chegarmos lá, percebemos o engano e voltamos o mais rápido possível. Eles não contavam com a nossa comunicação, Arfat. Se você não tivesse entrado em contato comigo a tempo, não teríamos chegado até aqui, e sabe-se lá o que teria acontecido.

Lara abraçou Pedro, e este desejou que aquele momento não terminasse nunca. Os Medjais pegaram uma carona com seus guardiões até as pequenas naves que os levaram de volta para retornarem sozinhas aos seus verdadeiros donos.

Eles estavam felizes. Finalmente estavam livres dos mintakianos e poderiam voltar para casa. Júlio também ficou muito contente quando soube de tudo, através de Pedro, na manhã seguinte. Ficou apenas um pouco apreensivo em perder o amigo se ele resolvesse voltar ao seu planeta de origem e deixá-lo ali. Mas resolveu não pensar nisso naquele momento.

CAPÍTULO 13

A volta de Alcino

A felicidade de Pedro e Júlio naquela manhã era enorme, e seria ainda maior depois do almoço. Alfredo mandou que todos se reunissem no salão de jogos e, para surpresa dos garotos, Alcino estava ao lado de Alfredo. Pedro ficou muito feliz e se perguntava por que o padrinho tinha ficado tanto tempo sem visitá-lo. Não o via desde o último Natal.

— É com grande satisfação que lhes trago esta novidade — Alfredo anunciou. — Como todos já estão sabendo, nosso abrigo estava correndo o risco de ser fechado a qualquer momento. Sim, Mauro, não precisa cochichar, você não ouviu mal, eu falei mesmo no tempo passado. Isso porque o senhor Alcino Nogueira aqui ao meu lado... — Alfredo fez sinal, mostrando Alcino para os meninos. Após um breve suspense, completou, emocionado — acaba de comprar o abrigo.

Os meninos começaram a falar ao mesmo tempo.

— Isso mesmo, garotos. Não precisaremos mais sair daqui.

Pedro e Júlio se olharam comunicando-se sem precisar de palavras. Já não estavam tão certos de que Pedro continuaria ali.

— Acho melhor que ele mesmo lhes conte — Alfredo estendeu a mão, chamando o padrinho de Pedro para perto. — Alcino, por favor.

Ele se aproximou, apertou a mão de Alfredo e falou para os garotos:

— Boa tarde a todos. Como alguns de vocês já sabem, eu sou o padrinho de Pedro, embora já faça muito tempo que não venho aqui — e se dirigindo para o afilhado, o cumprimentou: — Oi, Pedro. Tudo bem?

O garotou balançou a cabeça, ainda confuso.

— Faz um bom tempo que não venho ao abrigo, nem visito meu afilhado. Estive muito doente e impossibilitado de dar notícias. Assim que me recuperei, entrei em contato com o senhor Alfredo para marcar uma visita e fiquei sabendo das dificuldades que o abrigo estava passando. Não pensei duas vezes, eu precisava agir. Falei com meu advogado, que entrou em contato com o senhor Michael Geller.

Houve um burburinho pelo salão. Os garotos se olhavam e cochichavam, curiosos. Pedro estava com o coração acelerado. Alcino continuou sua história:

— Tive que juntar todas as minhas economias e precisei ir aos Estados Unidos, mas o mais importante é que *consegui*! — Alcino deu ênfase a última palavra e fez uma pequena pausa, como se esperasse a reação dos meninos. E porque todos continuavam olhando uns para os outros, sem entender, ele revelou de uma vez — Eu comprei o abrigo! Ninguém mais vai precisar ir embora daqui porque o abrigo não vai fechar!

Foi uma alegria só. Uma gritaria, os garotos pulavam, outros choravam, todos muito contentes. Pedro ainda conseguiu ouvir a voz de Alcino naquela confusão:

— Agora, eu sou padrinho de todos vocês.

Alguém começou a gritar *"Alcino! Alcino! Alcino!"* e foi acompanhado por todos. Pedro e Júlio correram para abraçar Alcino, enquanto Jonas tentava disfarçar uma lágrima que teimava escorrer. Alfredo e Malva se abraçaram, emocionados.

Após tantos acontecimentos, chegou o grande dia da final do campeonato de futebol. Pedro havia treinado bastante, estava preparadíssimo e ainda mais confiante que antes. O jogo começou bem. Guto também estava diferente, mais sério e jogando limpo. Logo de início, Pedro deu um drible em Guto e marcou 1 a 0 para o Galinhos. A torcida veio abaixo. Em contrapartida, esse gol de Pedro teve o poder de trazer Guto de volta à sua real personalidade. Voltou a jogar sujo e, como um trator, foi derrubando todos que atravessavam seu caminho. Deu uma canelada no Matheus, o que lhe rendeu um cartão amarelo, e, menos de cinco minutos depois, deu uma cotovelada tão forte na boca de Bruno que o juiz não teve outra alternativa a não ser expulsá-lo com um cartão vermelho.

A confusão foi geral, Guto e seu pai atacaram alucinados o juiz. Foi preciso os dois treinadores de ambos os times, mais o Antônio da padaria e o Renato, para separá-los. Vários torcedores aproveitaram a confusão, invadindo o campo para causar ainda mais tumulto. Pedro se afastou e ficou o mais distante possível daquela confusão. Júlio foi para o campo de punhos cerrados para defender o amigo, para o caso de Guto tentar alguma coisa contra ele.

Após acalmarem todos os ânimos, Guto e o pai foram embora, escoltados por Renato que tentava acalmá-los. A partida pôde finalmente recomeçar, com o Tornado jogando com um jogador a menos. O jogo estava acirrado, o Tornado até podia ser o melhor time do bairro, mas o Galinhos estava jogando muito bem naquele dia. O primeiro tempo acabou com 1 a 0 para o Galinhos, sendo que o Tornado tinha 2 pontos de vantagem dos outros jogos e, para ganhar, o Galinhos precisaria ainda de dois gols. Isso se o Tornado não fizesse nenhum.

No intervalo, os comentários foram sobre o Guto e sua expulsão:

— Bem feito! — esbravejou Bruno, segurando um saco plástico com gelo sobre a boca machucada.

— É, mas quem acabou levando a pior fomos eu e você. Não foi, Bruno? — perguntou Matheus, também com uma compressa de gelo na canela.

Júlio chegou esbaforido e falou decidido, ganhando a atenção do time:

— É isso aí, galera! Vamos mostrar pra eles quem são os melhores. Guto teve o que merecia. Vocês agora têm a vantagem de um jogador a mais e, não se esqueçam, com Pedro do lado de cá não tem pra ninguém. Entrem lá e mostrem para eles do que o Galinhos é capaz!

Ele se calou assim que notou o treinador parado ao seu lado, de braços cruzados, cara amarrada, sem dizer uma palavra. Júlio deu um sorriso amarelo e se encolheu em um canto do vestiário, esperando a bronca que certamente ia levar. O treinador tomou o seu lugar, onde antes estava Júlio, de frente para o time que o olhava atento e gritou:

— Como é que é? Não ouviram o Júlio? Levantem esses traseiros e vão mostrar do que são capazes! — pegou a toalha que trazia pendurada no pescoço e bateu no braço do Davi. O time se levantou animado, todos falando ao mesmo tempo.

— É isso aí!

— Vamos lá, galera!

— Vamos botar pra quebrar!

E voltaram para o campo. O treinador olhou para Júlio que, atônito, ainda estava encolhido no canto e disse:

— Você até que daria um bom treinador, Júlio! Qualquer dia desses, se quiser, te dou umas dicas.

— Obrigado, Seu Agnaldo. — disse Júlio, aliviado e contente. E foram para o campo também.

Mal recomeçou o jogo, Pedro marcou outro gol. E, dessa vez, foi de placa. Saiu do seu campo de defesa, driblou três adversários, driblou o goleiro e entrou com bola e tudo. A torcida só gritava seu nome, até mesmo alguns torcedores do Tornado vibraram por ele. O treinador do Tornado não tirava os olhos de Pedro e da torcida que o aclamava.

Pedro nunca tinha jogado tão bem. Mas, apesar de todo o esforço do Galinhos e da genialidade de Pedro, o jogo terminou em 2 a 0 para o Galinhos, o que somado aos dois pontos de vantagem do Tornado, deixava-os empatados. Teriam agora de ir para os pênaltis, cinco para cada lado. Agora era tudo ou nada. O time que marcasse mais ganhava.

Tiraram cara ou coroa, e o Henrique, do Tornado, chutou marcando o primeiro gol. Davi bateu o primeiro para o Galinhos, mas o goleiro defendeu.

O ânimo dos jogadores se abalou um pouco, mas a torcida não perdeu a esperança e gritou ainda mais, dando força ao Galinhos. Marcos, do Tornado, se benzeu antes de bater e fez mais um. Zequinha, que até aquela final não havia marcado nenhum gol, fez o primeiro do Galinhos: 2 a 1 para o Tornado. Fernando bateu para o Tornado e perdeu. Bruno, mesmo sentindo dor, ainda marcou mais um para o Galinhos: 2 a 2, empatados. Kauã, do Tornado, fez mais um: 3 a 2 para o Tornado. Mas o Galinhos não deixou por menos e, com um gol de Fernando: 3 a 3, empatados de novo.

Agora era chegado o momento crítico. Só faltavam dois baterem, um de cada time. Cada um havia perdido um gol, e não podiam perder mais nenhum. Júlio, na arquibancada, roía as unhas até o sabugo. Gabriel, do Tornado, exibiu-se bastante, rebolou, fez festa, ensaiou umas cruzadinhas de pernas, bateu com violência e perdeu. Ainda 3 a 3, mas se o Galinhos fizesse, venceriam, do contrário teriam que continuar a cobrança de pênaltis.

Era a vez de Pedro. Todos respiraram fundo, ele era a esperança de todos. Júlio queria gritar alguma coisa para animá-lo, mas teve medo de acabar atrapalhando a jogada. Achou melhor sentar e encher a boca de pipoca. Pedro se concentrou, respirou bem fundo e foi com tudo, marcando 4 a 3 para o Galinhos. Eram os campeões do campeonato.

A arquibancada veio abaixo. Torcedores de ambos os times invadiam o campo para cumprimentar Pedro, que foi jogado para cima pelos colegas e depois carregado em toda a volta do campo. Assim que o colocaram no chão, Júlio se aproximou comemorando muito. Todos estavam radiantes pelo grande feito já que o Galinhos nunca tinha ganhado um campeonato. Também estavam todos cientes de que era Pedro o maior responsável por essa conquista. Guto e seu pai, que observavam de longe, destilavam ódio e, se pudessem, iriam às forras ali mesmo. Renato havia organizado uma surpresa para depois: refrigerantes, cachorros-quente e picolés para todos. A comemoração foi grande e durou o resto da tarde.

Pedro voltou para o abrigo tão leve que nada o deixaria para baixo, nem mesmo as provas finais que teria de enfrentar na escola. Se antes já não se saía tão bem como Júlio, imagine agora que passara todo o ano com preocupações muito maiores na cabeça. Tentou afastar a preocupação, ainda tinha tempo de estudar e sempre poderia pedir umas aulas de reforço para o Júlio.

CAPÍTULO 14

A batalha final

Algumas semanas se passaram sem que nada de interessante acontecesse na vida de Pedro ou de Júlio. Pedro chegava quase a sentir saudade dos mintakianos. Ao menos, quando eles estavam na Terra ainda, tinha algo para fazer, mas agora... Na escola também não tinham tempo de sentar para conversar já que estavam todos ocupados com as provas e trabalhos finais, sem contar o número enorme de pesquisas para fazer.

Foi num desses estudos, em que estava sentado com Júlio e Lara na biblioteca da escola, depois da aula, que Pedro recebeu a mensagem.

— Se um ônibus levou sete horas do Rio de Janeiro a São Paulo, a uma velocidade de setenta quilômetros por hora, quantos quilômetros percorreu o ônibus até chegar ao seu destino? — Júlio lia a questão, enquanto fazia anotações a lápis.

— Posso usar essa folha, Júlio? — perguntou Lara.

— Claro, trouxe pra isso mesmo — Lara pegou um lápis e começou a calcular. Pedro olhava para cima com o rosto franzido.

— O que foi Pedro? Não é tão difícil assim...

— Não é isso. Não estão ouvindo?

— O quê? — perguntou Lara.

— Esperem. Acho que é pra mim — os outros dois esperaram, curiosos.

— É um recado de Rugebom. Acho. Está meio estranho.

— Deve ser porque estamos estudando há muito tempo. Tem muitos números na sua cabeça, fica difícil ouvir os pensamentos assim — concluiu Júlio.

— É, deve ser — concordou Pedro.

— E o que ele disse, Pedro?

— Que todos os Medjais devem ir esta noite pra uma reunião muito importante na Amazônia, onde meu pai irá falar.

— O comandante Shenan? — perguntou Lara.

— Isso.

— Que bom! Eu sempre quis conhecê-lo — animou-se.

— Droga! Só eu não posso ir...

— Não liga não, Júlio. Te conto tudo depois — disse Pedro, despenteando o cabelo do amigo.

— Para com isso, Pedro! — reclamou Júlio, ajeitando o cabelo.

— Assim que chegar em casa, vou olhar o meu comunicador. Deve ter um recado de Thalía lá.

— Você não o traz pra a escola, Lara? — perguntou Júlio.

— Trazia, mas agora que os mintakianos se foram, não achei mais tão necessário. E você, Pedro? Continua trazendo o seu medalhão e o localizador?

— Continuo, Lara. Acho mais arriscado deixar no abrigo.

— É, você está certo.

— Lara... — começou Pedro. — faz tempo que quero te perguntar: como é que você arranjou aquela espada no dia em que fomos atacados? Porque não é uma coisa portátil, que você carregue na bolsa e, de repente, você e outros Medjais já estavam com elas nas mãos.

— É uma montante.

— O quê?!

— É o nome dela. Montante. Um tipo de espada. É só ordenar e ela encolhe até caber no bolso. Foi ali que guardei a minha.

— Incrível! — exclamou Pedro.

— Sim. Treinamos muito com ela e foi emocionante usá-la de verdade.

— Bom, pessoal, mais tarde vocês vão se encontrar pra tal palestra e conversam mais, agora temos que estudar, ok? — Júlio sentia um pouco de inveja, por não poder ir ao encontro da Floresta Amazônica com os amigos.

— Tudo bem, Júlio, vamos voltar ao trabalho — disse Pedro, pegando lápis e papel.

Naquela tarde, não tocaram mais naquele assunto. Apenas estudaram. Somente mais tarde Pedro e Lara se encontraram, já no local combinado.

Os Medjais se reuniram em um grande auditório esperando ansiosos pela presença do grande comandante Shenan, que lhes passaria informações muito importantes sobre as próximas tarefas. Estavam todos ansiosos por novas missões. Pedro estava muito feliz pela oportunidade de ver seu pai novamente e imaginava se sua mãe também iria.

O auditório era dividido ao meio por um corredor e estava completamente lotado. De um lado, os Medjais. Do outro, os guardiões. As paredes imitavam a vegetação local com uma pintura muito realista. Era como se as plantas estivessem vivas, tinham até um leve movimento. Todos queriam conhecer o comandante Shenan, que já era famoso por seus feitos em Aldebaran, onde acabara com uma guerra que já durava vinte anos.

Sentada ao lado de Pedro, estava Lara. Os cabelos caindo sobre os ombros. De vez em quando, ela passava as mãos, jogando-os para o lado. Pedro se distraía olhando os fios passando por entre os dedos. Rugebom e Thalía estavam do outro lado do corredor, junto aos outros guardiões.

O comandante Shenan estava atrasadíssimo, mas ninguém comentava, embora achassem um pouco estranho. Com certeza, tivera algum imprevisto. Os guardiões estavam em total silêncio. Já os Medjais, falavam todos ao mesmo tempo, muito animados, numa balbúrdia só. Lara olhava para a frente, entretida em seus pensamentos, e Pedro a observava.

Com o passar do tempo, Pedro começou a se sentir estranho, meio sonolento. Tentou manter-se acordado, mas era muito difícil e deixou-se levar. Que mal havia em um cochilo? Ficaria até mais atento quando começasse a palestra. Tentou se acomodar na cadeira, mas sentiu seu corpo preso, como se estivesse amarrado. Assustado, tentou se levantar, mas já era tarde. Estava completamente preso e com a cabeça tão zonza que mal conseguia pensar direito. Olhou para Lara e percebeu que ela também estava presa. Pensou nos mintakianos... Mas como poderiam ser eles? Mesmo que não tivessem se livrado de todos, como eles entrariam ali? Será que ousariam tanto? Com tantos guardiões juntos?

Tentou gritar, mas a boca não obedecia, todos os músculos de seu corpo estavam paralisados. Desesperou-se. O que estaria acontecendo? Os outros Medjais deviam estar na mesma situação, pois não se ouvia mais a voz de nenhum deles. Lara, desesperada, também tentava lutar. Pedro procurou por Rugebom para pedir ajuda. Com certeza ele ainda não notara nada ou teria vindo em seu auxílio. Mas qual não foi sua surpresa ao ver que todos os guardiões estavam presos às suas cadeiras por um elo de energia de um vermelho vivo, que circundava todo o lado do auditório que ocupavam. E, reparando bem, parecia que estiveram assim desde o início. Ele é que não havia notado.

Foi aí que os mintakianos se deixaram ver. Dezenas deles começaram a sair da parede como se ela fosse vaporosa... Não, não era isso; prestando mais atenção, Pedro viu que tinham estado colados à parede por todo o tempo, o corpo camuflado com a vegetação da pintura. Era imperceptível se não se movessem, estavam exatamente da cor da parede. Pareciam ter estado ali por muito tempo, pois andavam com dificuldade. Pedro agora imaginava se os leves movimentos que havia notado nas folhas não seriam a sua respiração.

Pedro, com muito esforço para se mover um pouco, olhava em volta. Rugebom, do outro lado do corredor, olhou profundamente dentro dos olhos de seu protegido, mas, infelizmente, ele estava nervoso demais para ouvir seus pensamentos, e o guardiões também estavam incapacitados de falar.

Os mintakianos agora se aproximavam dos Medjais que se encolhiam, visivelmente angustiados. Alguns deles haviam cercado os guardiões, que também pareciam estar sofrendo algum tipo de dor. Um mintakiano particularmente mais feio que os demais, com uma cicatriz macilenta no lado esquerdo do rosto, se aproximou o bastante para que seu hálito fosse sentido. Pedro sentiu uma angústia muito grande no peito, uma dor muito forte, como se o coração estivesse sendo espremido por mãos invisíveis. Sentiu-se sufocar e parecia que iria desmaiar a qualquer momento, pois muitos dos Medjais já haviam desmaiado, ou coisa pior. Arrepiou-se só de pensar.

Não foi difícil perceber que o mintakiano que o atacava era o mesmo que o sequestrara, fingindo ser Rugebom. Mesmo que não houvesse cicatriz nenhuma, Pedro jamais esqueceria daquele olhar odioso enquanto vivesse. Já não sabia mais de onde tirar forças para lutar e sentia que logo estariam derrotados. Esforçou-se mais uma vez para se comunicar com Rugebom, mas sua cabeça zumbia como se fosse explodir e não conseguiu se concentrar o suficiente.

Foi aí que uma coisa horrível aconteceu: o mintakiano deu um sorriso estranho, as escamas de seu corpo começaram a desaparecer e sua pele se tornou lisa como a de um humano. Seu corpo diminuiu sensivelmente de tamanho, ficando pouco maior que o de Pedro. A camuflagem também sumiu dando lugar a roupas normais, uma calça jeans e uma camisa preta com o desenho de uma caveira ensanguentada. A cicatriz no seu rosto desapareceu completamente, e um rosto muito familiar apareceu.

— Finalmente, Arfat, como esperei por esse momento — falou o mintakiano com a sua voz horrorosa.

E se Pedro tivera alguma dúvida, não tinha mais nenhuma. Tanto o corpo que estava à sua frente quanto a voz desagradável eram de Guto, que vendo a cara de espanto de Pedro, dava uma gargalhada perversa.

— Você não faz ideia, Arfat, de como foi difícil não acabar com você de uma vez. Oh! Me desculpe! Quis dizer alguma coisa? — debochou Guto, com a mão em concha no ouvido às gargalhadas, enquanto Pedro tentava desesperadamente se mover.

A mente de Pedro ainda estava confusa e não sabia bem se entendia o que estava acontecendo. Será que o mintakiano havia tomado a forma de Guto como fizera com a de Rugebom?

— Como é saborosa a vitória que foi muito esperada! Foram tantas as vezes que tive que te seguir ajudado pela minha fiel companheira... Oh, desculpe-me, acho que esqueci de apresentá-los. Venha, minha amiga.

Por trás de Guto, saiu um outro mintakiano que havia estado parado rente à parede até então. Como havia acontecido com Guto, suas escamas tornaram-se lisas dando lugar a uma pele humana, o corpo modificou-se em formas delicadas e femininas, os olhos se tornaram azuis e meigos. Pedro só não gritou de tanto horror porque não podia. Era Mariana, a cozinheira do abrigo. Não! Não podia ser Mariana. Devia ser como haviam feito com Rugebom para enganá-lo. Mariana não.

— Olá, querido, como vai? — e soltou uma gargalhada ainda mais horrível que a de Guto.

Pedro chegou a conclusão que só poderia ser um sonho ou certamente estava sendo enganado de novo. Infelizmente, teve a prova do contrário assim que Guto decidiu divertir-se, explicando tudo.

— Você deve estar imaginando, Arfat, como não percebeu antes, não é? Bem, como você tem apenas alguns minutos de vida, vou oferecer-lhe a dádiva de ouvir da minha boca como derrotei o poderoso e temido Arfat, o queridinho de Alnitak.

Guto gargalhou mais um pouco para continuar em seguida:

— Foram muitas as vezes em que o espionei de perto, junto com Mariana. Se me lembro bem, você e Júlio quase perceberam na primeira vez, quando Mariana tropeçou atrás das cortinas, mas são estúpidos demais pra pressentir o perigo tão próximo. Mariana, que já tinha sido avisada por nossos superiores de que havia um Medjai no abrigo, tratou de dar uma jeito de ser admitida lá pra trabalhar. Não foi difícil descobrir quem era o felizardo que teria o prazer de ser destruído por nós.

— Deixa que eu continuo, querido — disse Mariana para Guto. — Certa tarde, aproveitei que os diretores tinham saído e entrei em sua sala pra descobrir quem seria o Medjai; graças ao descuido de Alfredo, logo encontrei as chaves do escritório anexo. Busquei então nos arquivos do computador as fichas dos alunos e me interessei pela ficha de Pedro, muito suspeita, já que era o único que não tinha passado algum. Deduzi que era ele o Medjai. Mais tarde, vi o olho de Horus em seu pulso e confirmei minhas suspeitas. Quando você e Júlio entraram pra descobrir algo sobre o fechamento do abrigo, eu me assustei, tranquei a porta rapidamente e joguei a chave dentro do porta-lápis; não tive tempo nem de desligar o computador. Quando você entrou, Arfat, eu podia vê-lo pela fresta do armário em que estava escondida.

— Assim que ela me confirmou que você era um dos Medjais — completou Guto —, e eu vi o seu pulso no jogo, fui até o abrigo para segui-lo mais de perto. Foi fácil passar pelo estúpido do zelador. Derrubei uns latões de lixo no meio de pátio, e ele levou horas limpando. Com a ajuda de Mariana, que o distraía sempre, já que o zelador tinha uma quedinha por ela, segui-o de perto muitas e muitas vezes, Arfat. A nave de seu guardião poderia ter sido destruída desde o início, mas decidi poupá-los até encontrar todos os outros Medjais.

Pedro estava apavorado. Pensou realmente que pudesse ser o fim de toda a Missão Terra. Como foram deixar isso acontecer? Como eles conseguiram entrar ali, com tantos guardiões? Olhou para Lara e viu, horrorizado, que ela sangrava pelo nariz, pelos ouvidos e pela boca. Foi a pior cena que já vira na vida toda. Não sabia o que fazer, não tinha forças para lutar, sentia muito medo, e isso o deixava ainda mais vulnerável. Olhou mais uma vez para Rugebom e foi como se ele lhe dissesse que isso não poderia acontecer, que ele estava abaixando a guarda, que estava dando oportunidade aos mintakianos de atacarem. Mas Guto parecia saber o que o afligia e provocava mais ainda, impedindo que ele se concentrasse.

— Você não pode fazer nada, nós vencemos. Somos muito mais fortes. Viu o que fazemos com ela? Com você será muito pior — Lara estava morrendo e sofria muito.

Pedro queria desaparecer, queria estar sonhando. Ao menos, queria que um de seus poderes funcionasse para que pudesse salvar a todos. Estava tão angustiado com o mal estar que sentia que não conseguia se concentrar em nada. Lembrou-se de que Nephos tinha lhe dito certa vez em Ayma que ele podia muito mais do que imaginava. Rugebom disse que o poder era todo dele e não do olho de Horus, que sua força vinha de dentro, do coração. Então, consciente de que todos ali dependiam dele e tomado por uma forte decisão, procurou desligar-se do que estava acontecendo. Ignorou o que Guto e Mariana diziam, ignorou o sofrimento dos outros Medjais e, o mais difícil, ignorou também o desespero de Lara. Concentrou-se nos olhos de Rugebom, e isso lhe deu uma força incrível. Sua concentração era tanta que logo já não ouvia mais os mintakianos, nem mesmo Guto e Mariana que falavam tão próximos. A sala para ele agora estava em completo silêncio. Pôde então ouvir o pensamento de Rugebom, que dizia:

Arfat, concentre-se, você é o único que pode nos ajudar. Está me ouvindo?

Sim, Rugebom, pode falar.

Rugebom teria ficado feliz não fosse este um momento de concentração total.

Sim, meu amigo. Junte todas as suas forças, é chegada a hora.

Rugebom olhou-o nos olhos, e uma coisa estranha aconteceu: Pedro sentiu uma energia vinda daquele olhar e, em sua mente, soube exatamente o que fazer.

O olho de Horus de seu pulso iluminou-se por uma forte luz dourada que se expandia cobrindo todo o seu corpo e libertando-o de sua paralisia. Quando o Olho voltou ao normal, ele levantou-se rápido e, aproveitando a confusão em que estavam os mintakianos, uniu as duas mãos e gritou:

— RÁ!

Uma bola prateada de energia se formou entre suas mãos. Ele segurou a bola com a mão esquerda e gritou:

— TSÁ!

Ele colocou a mão direita por trás da bola, empurrando-a para frente com forte impulso, e gritou:

— KÁ!

Isso fez com que a bola atingisse o mintakiano próximo a Lara e este caísse no chão. Mais confiante agora, Pedro ignorou completamente tudo ao redor, só existindo em sua mente ele e os mintakianos.

— RÁ! TSÁ! KÁ!

— RÁ! TSÁ! KÁ!

— RÁ! TSÁ! KÁ!

Bolas luminosas eram lançadas por toda a parte. Era preciso muitos golpes nos mintakianos para que esses caíssem imóveis no chão. Pedro lamentou não encontrar Guto para acertá-lo, pois este correra assim que a confusão começou e se misturou aos companheiros. Os mintakianos nada podiam fazer contra Pedro, mas revidavam nos outros Medjais que ainda se encontravam presos às cadeiras. Pedro, instintivamente, apontou o olho de Horus para os Medjais e seus guardiões, que um a um foram se libertando e, assim, puderam se defender. Embora os outros Medjais não tivessem os mesmos poderes de Pedro, possuíam grande habilidade de luta, e o olho de Horus em seus pulsos também os protegiam, com uma leve energia azulada que os envolvia. Muitos, como Lara, lutavam com as montantes.

Foi uma luta árdua. Agora, com ajuda dos outros Medjais, Pedro conseguia o tempo necessário para derrubar os mintakianos, que um a um foram saindo de combate. Logo a luta estava terminada, e os mintakianos muito bem imobilizados. Pedro voltou-se correndo para Lara.

— Você está bem?

— Estou.

Alguns guardiões passaram levando mintakianos amarrados por elos de luz verde. Eles iam flutuando atrás dos guardiões que os levavam para naves-prisões que agora se encontravam fora da atmosfera terrestre. Os mintakianos, muito feridos, mudavam de aparência o tempo todo: ora com o horrível semblante que lhes era natural, ora com aparência humana. Um deles se transformava no pai de Guto, e Pedro, que seguia por último, com Lara, comentou:

— Eu não estou vendo o Guto por aqui. E você?

— Que estranho! Eu também não o vejo faz tempo.

Mas, ao se virar para Pedro, Lara constatou que ele não estava mais ali. A garota correu para avisar Rugebom, que fez sinal aos outros guardiões para que levassem os prisioneiros juntamente com os outros Medjais. Ele e Lara procuravam alguma passagem pelas paredes.

— Eles só podem ter saído por aqui. Eu estava falando com ele, não deu tempo pra irem longe... — Lara procurava por alguma falha na parede.

Foi Rugebom que a encontrou, e os dois a atravessaram. Se viram do lado de fora, ainda a tempo de ver a nave de Guto se afastando rápido. Ele gritou:

— Nave! — e sua nave veio como que acionada por algum controle remoto. — Você fica com os outros — disse para Lara.

— Não, senhor. Eu não vou ficar aqui com os braços cruzados.

Rugebom não tentou convencê-la, pois sabia que o tempo estava muito curto para Pedro. Thalía saiu do auditório pelo mesmo lugar que eles haviam passado.

— Transporte! — ordenou. Lara e Thalía o seguiram para dentro da nave.

Passaram-se poucos minutos desde que Pedro estivera com Lara dentro do salão, tentando localizar Guto no meio dos mintakianos, quando ele o puxou pelo braço e o fez atravessar a parede de vegetação, onde havia uma passagem escondida que dava para sua nave, já preparada para a fuga. Pedro, que tinha sido pego desprevenido, bem que tentou lutar, mas não conseguia se mover. Guto, em sua forma humana, mexia nos controles da nave, morrendo de rir.

Assim que se considerou em local seguro, deixou a nave no controle automático e, de arma em punho, se aproximou de Pedro.

— Aproveite bem seus últimos segundos de vida, Arfat — e destravou sua arma. — Você até pode ter atrapalhado um pouco os meus planos, pode até ter prendido alguns de meus irmãos, mas, no fim, quem venceu fui eu. E, agora, você vai morrer.

A nave de Rugebom estava bem ao lado da de Guto, e a voz do guardião se fez ouvida dentro da nave do mintakiano.

Solte ele agora, se quiser permanecer vivo!

Guto gargalhava como um alucinado.

— Não adianta, Arfat! O seu protetorzinho não vai te salvar agora.

— Você é um covarde, Guto. Quero ver você lutar comigo, sem essa arma na mão, quero ver se tem coragem.

— Não adianta, Arfat! Você não vai conseguir sair vivo daqui.

Rugebom, Thalía e Lara surgiram, como num passe de mágica, dentro da nave de Guto, todos armados, Lara com sua montante. Guto parecia não vê--los ou não se importar. Cheio de ódio na voz, gritou para Pedro:

— É o seu fim! — e, dizendo isso, disparou a arma.

Pedro sentiu como se fosse atingido por um milhão de raios ao mesmo tempo. A última coisa que ouviu foi o grito de Lara.

— Arfat! Nãããão!

E tudo escureceu.

A luta que se seguiu foi extraordinária. Lara, enlouquecida com a perda do amigo, avançou sobre Guto com a montante sobre a cabeça, mas, quando ia tocá-lo, este se desviou e atirou contra Rugebom, que se defendeu atirando também e se jogando atrás dos controles. Thalía correu para perto de sua protegida, gritando:

— Acione o olho de Horus, Lara!

A garota, tão envolvida estava com a luta e a raiva que sentia, não havia se lembrado do olho de Horus. Ela o acionou e foi para junto de Pedro, agora caído ao chão. Thalía voltava para ajudar Rugebom, mas não seria necessário. Ele já havia atingido Guto, que caía vencido.

Lara chorava desconsolada junto a Pedro. Rugebom e Thalía, também muito tristes, se aproximaram dos dois. O guardião trazia Guto preso pela mesma corda de energia que havia prendido os outros mintakianos.

Foi Thalía quem ordenou:

— Transporte!

E todos passaram para a nave de Rugebom que, deixando o prisioneiro com Thalía e correndo para os controles, gritou:

— Talvez ainda haja tempo!

Pouco depois chegavam ao Posto Central, onde se encontraram com Mallick, que já os esperava com uma maca flutuante onde Pedro foi colocado e que o seguiu pelos corredores de grandes placas transparentes até a sala de tratamento de feridos.

— Daqui eu tenho que ir sozinho. Lamento — disse Mallick. — Vocês esperam nessa outra sala. Descanso! — ordenou a uma das paredes ao lado onde uma porta se abriu entrevendo-se uma sala confortável, com sofás e almofadas.

— Ele vai ficar bem? — perguntou Lara, em meio a um soluço.

— Farei tudo que estiver ao meu alcance. Ao menos, ainda está vivo. Mas preciso ir. Aguardem.

Dizendo isso, entrou com a maca na sala que se fechou. Rugebom, Lara e Thalía, sem outra alternativa, entraram na sala de descanso e aguardaram.

O tempo ali parecia não passar, os minutos pareciam horas. E passaram mesmo várias horas lá. Já ia amanhecendo quando Mallick entrou na sala. Os três se levantaram e não deram tempo a ele para falar, perguntando todos ao mesmo tempo.

— E então, como está o meu protegido?

— Ele sobreviveu?

— Vai ficar bom?

Mallick levantou a mão em sinal para que se acalmassem e o deixassem falar. Todos se calaram, mas estavam longe de estar calmos.

— Ele está bem.

Os três explodiram em suspiros de alívios e risadas.

— O choque foi grande, mas pude reduzir quase por inteiro os seus efeitos.

— Como assim, *quase* por inteiro? — perguntou Lara.

Mallik, meio sem jeito, explicou:

— Ele vai ficar com um pequeno defeito, mas por pouco tempo.

— *Pequeno* defeito?! — espantou-se Rugebom, já no quarto onde Pedro se recuperava.

O garoto tinha o lábio inferior entortado para o lado, apenas um dos olhos se abria e alguns fios de cabelo estavam em pé.

— Que bom que você está bem — disse Lara aliviada e contendo-se para não rir.

— Mas como ele vai fazer para explicar isso no abrigo? — perguntou Thalía.

— Amanhã é domingo, posso dormir até tarde — respondeu o garoto, com uma voz que soava engraçada.

—E quando ele se levantar, já estará bem — completou Mallick.

Rugebom, como foi que eles conseguiram enganar a todos nós de uma vez? E como foi que conseguiram me mandar uma mensagem como se fosse você e avisar a todos os comunicadores? — perguntou o garoto, em pensamento, já que tinha dificuldades para falar.

— Talvez nós os tenhamos subestimado demais, Arfat. Eles nunca chegaram a ser presos da outra vez. Conseguiram desarmar os guardiões que os prendiam e os deixaram em seu lugar, presos. Como conseguem mudar de forma, assumiram a aparência deles, e nós não desconfiamos de nada.

Pedro sentiu receio de que ainda houvessem mais mintakianos escondidos na Terra, se estes conseguissem fugir. Rugebom sabia muito bem o que o afligia.

— Não se preocupe, Arfat. Eles não vão voltar. Serão levados para o portal de saída do planeta e de lá serão expulsos de uma vez por todas. Uma nave prisão os pegará na saída do portal interestelar. Enfim, expulsamos os mintakianos do planeta Terra, graças a você.

— Isso mesmo, Arfat. Você hoje foi demais — elogiou Lara, e Pedro revirou os olhos, feliz.

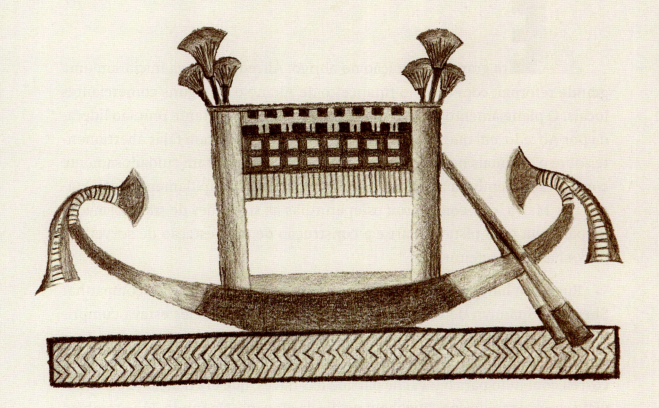

CAPÍTULO 15

O retorno

Era grande a agitação no abrigo. Alfredo e Malva iniciaram uma grande reforma, com o apoio financeiro de Alcino e de alguns comerciantes locais. O planejamento da obra foi feito após uma importante reunião liderada por Alfredo, em que os meninos e funcionários puderam falar abertamente sobre o que mais necessitavam. Todas as sugestões foram cuidadosamente consideradas, embora as mais absurdas tenham sido rapidamente descartadas por Malva, que considerou estapafúrdias as sugestões de transformação do pátio em uma pista de kart e a construção de uma estação de sorvetes e milk-shakes no refeitório.

Rugebom havia se comunicado com Pedro e avisado que iria acompanhar Shenan e Shannyn de volta a Alnitak, já que a missão deles estava cumprida. Muitos dos Medjais também iriam. Pedro teve a certeza de que ele e Lara também estariam entre eles. Assim, pegou o seu medalhão e o localizador e correu com Júlio para o local de partida das naves, que era o mesmo onde haviam se encontrado com Rugebom no dia da gincana. No fundo, Júlio também tinha a esperança de ser levado. Foi fácil sair do abrigo sem serem notados, já que a confusão das obras e do vai e vem dos operários era grande. Ao chegarem lá, a primeira pessoa que viram foi Rugebom.

— Estou pronto — disse Pedro.

— E eu também — arriscou Júlio.

Rugebom sorriu. Pedro notou que algumas pessoas estranhas estavam embarcando, jovens e adultos que certamente não eram Medjais.

— Eles foram de grande ajuda para muitos de nós, Arfat, e, mesmo não sendo de Orion, mereceram ir também — explicou Rugebom, percebendo a curiosidade de Pedro.

— Assim como Júlio? — perguntou Pedro, esperançoso.

— Sim, Arfat, como Júlio. Mas acho que ele não vai querer partir.

— É claro que quero! Não aguento nem um minuto sozinho naquele abrigo sem o Pedro.

O coração de Pedro batia forte por pensar em retornar ao seu planeta depois de tantos anos. Ele não se lembrava de nada do que vira ou vivera lá, e sua curiosidade era grande.

— Como foi que tudo isso começou, Rugebom? — perguntou Pedro. — A Missão Terra. Por que deixamos nosso planeta e viemos para cá?

— É uma longa história, Arfat, mas acho que temos tempo.

Rugebom os convidou para entrar na nave, onde se sentaram os três.

— Há alguns anos, uma grande explosão destruiu quase todo o cinturão de Orion. Uma estrela de razoável grandeza, muito próxima a nós, sofreu um choque com um gigantesco cometa, o que ocasionou uma explosão de proporções tão grandes que criaram ondas de energia poderosíssimas. A primeira onda nos atingiu quando estávamos desprevenidos. Como você sabe, estávamos ocupados com os mintakianos. Nossos cientistas não estavam de olho nos céus naqueles dias, pois, como não tínhamos exército, precisávamos que toda a população nos auxiliasse na expulsão dos mintakianos — Rugebom fez uma pequena pausa, dando tempo para que Pedro digerisse tudo o que dizia, e continuou contando — Após a primeira grande explosão, os sobreviventes se reuniram para tomar uma importante decisão. Os cientistas haviam informado que muitas ondas ainda estavam por vir e precisávamos nos proteger imediatamente. Como não estávamos preparados para aquilo, não tínhamos naves de longa distância suficientes para os sobreviventes e não havia nenhum planeta, com vida compatível à nossa nas proximidades, que fosse seguro. Optamos então pela Terra, pela qual tínhamos grande carinho, que já nos era conhecida por ter nos abrigado há milênios quando um outro cometa quase nos destruiu.

— Foi quando vocês viveram no antigo Egito?

— Isso mesmo, Júlio. Mas isso é uma outra história. A Missão Terra já estava em nossos planos, mas ainda era tudo distante, apenas um projeto. Decidimos apressá-lo. As crianças foram salvas primeiro, colocadas nas poucas naves que possuíamos e levadas por alguns líderes de nosso planeta, como os seus pais, Arfat, para a Terra. Foram deixados em abrigos, orfanatos, igrejas, hospitais e residências. Foram oito dias e oito noites de muito trabalho, pois queríamos encontrar o lugar adequado para cada um. Eu também estava lá e fui designado para ser seu guardião naqueles dias. Com muito pesar, tivemos que deixá-los e retornar para nosso povo, que muito precisava de nós naquele momento. Muitos já tinham se tornado órfãos de verdade, como Lara.

Ao retornarmos, a segunda onda já havia chegado e destruíra mais um pouco do nosso amado planeta. A população, a exemplo e orientação do povo de Alnilam, se refugiou nos subterrâneos e, com isso, conseguiu salvar muitas vidas. Nos refugiamos junto aos outros e recomeçamos os planos para a Missão Terra, que passou a ser de vital importância. Construímos uma grande nave com ajuda do povo de Alnilam e, pouco antes de sermos atingidos pela terceira onda, conseguimos finalmente sair de Alnitak.

Viemos em direção à Terra e paramos alguns quilômetros acima da atmosfera, para não chamar atenção. Os Alnilanianos, depois de décadas vivendo nos subterrâneos de seu próprio planeta, decidiram criar uma cidade própria, Ayma. Nós permanecemos na nave-mãe. Iniciamos a Missão Terra que você já conhece tão bem, mas descobrimos que os mintakianos haviam se refugiado na Terra como pessoas comuns. Para proteger os Medjais, nunca entramos em contato com nenhum de vocês, do contrário, os mintakianos os encontrariam. Seus pais sofreram muito, assim como os de todos os outros Medjais, mas era necessário.

— Puxa! Nunca pensei que eles tivessem se sacrificado tanto por mim... — sussurrou Pedro.

— Com o tempo, as ondas cessaram e pudemos retornar aos poucos ao nosso planeta, como muitos desejavam. Já os alnilanianos, decidiram ficar aqui e dedicar-se mais à missão. Construímos novas naves com os recursos encontrados na Terra e retornamos levando daqui espécimes de vegetais e animais para Alnitak. Reconstruímos tudo e nos restabelecemos. Trabalhamos desde então pela união de todos os povos para que nunca mais aconteça o que houve conosco, pois se estivéssemos os três povos unidos e trabalhando juntos, dividindo nossa experiência, compartilhando conhecimentos, estaríamos preparados para os acontecimentos que se sucederam.

— E como está o planeta hoje, Rugebom? — perguntou Júlio.

— Uma maravilha! Você precisa ver! Uma vegetação muito rica e muitos animais exóticos. Alguns dos animais que levamos daqui sofreram mutações nas gerações seguintes.

— Pelo que entendi, todas as crianças de Alnitak são os Medjais de hoje, não é isso? — deduziu Pedro.

— Sim, todas as nascidas durante o eclipse.

— Que eclipse?

Rugebom não pôde responder. Shenan e Shannyn se aproximaram e abraçaram os dois garotos.

— Mais uma vez teremos que nos despedir, meus filhos — disse Shenan para os dois, pesaroso.

— Despedir? Como assim? Não vamos com vocês? — foi Pedro quem perguntou, porque Júlio estava ainda atordoado por Shenan tê-lo chamado de filho.

— Não agora, Arfat — disse Rugebom.

Pedro e Júlio não podiam acreditar. Shenan continuou a falar, como se não percebesse a angústia dos meninos.

— Vocês precisam permanecer aqui por mais algum tempo. Precisamos ter certeza que os mintakianos estarão fora de combate, que esses eram os últimos.

— Claro que eram! Não pode ter mais nenhum!

— Sim, Arfat. É o que esperamos — disse Shenan tentando passar confiança. — Mas voltaremos em breve. Os Medjais, por hora, devem ficar. Vocês estarão protegidos aqui, enquanto ninguém sabe quem realmente são.

— Mas, eu quero voltar com vocês — disse Pedro desiludido, buscando desesperadamente pelo apoio de Rugebom.

— Infelizmente, terá que ficar, Arfat. Sua missão não terminou. — falou Rugebom, destruindo os sonhos de Pedro.

— Mas eu não posso! Não quero! Quero ficar com vocês, voltar pra casa!

Júlio segurou com força o braço do amigo. Também esperava ir.

— Arfat, meu filho... — disse Shannyn com suavidade. — O olho de Horus representa para nós um hegat, isto é, a totalidade, um todo, entende?

— Nós lemos sobre isso — respondeu Júlio.

— Mas não entendemos muito bem. — completou Pedro.

— No Olho que todos os Medjais receberam falta uma parte, mas em você Arfat, está completo.

— Mas o meu não é diferente dos outros.

— Não. Isso porque a parte que falta está em você. Nenhum símbolo é capaz de dar o sétimo sentido a alguém, seja ele de Orion ou não. Somente alguém muito especial como você, que só aparece de tempos em tempos, daí tornar-se uma lenda entre nós, é capaz de completá-lo e assim tornar-se um verdadeiro hegat. Isto é, um Ser completo. Por isso, deve ser protegido. Em Alnitak, seria um alvo fácil se algum mintakiano ainda estiver livre. Precisamos ter certeza.

— Mas...

— Não terá que esperar muito, meu amigo. Tudo está se encaminhando para o sucesso — completou Rugebom.

Shannyn passou a mão em sua cabeça.

— Não se preocupe, meu filho, tudo dará certo. Lembre-se, estaremos sempre com você.

— Vocês vão agora mesmo?

— Ainda ficaremos alguns dias, até colocarmos tudo em ordem, mas não nos veremos mais — respondeu Rugebom. — Adeus, Arfat!

Pedro e Júlio, muito desiludidos, tiveram que se despedir. E só se deixaram convencer pela promessa de que seria por pouco tempo. Eles esperaram para ver a nave partir. Pedro segurava seu medalhão com força e pensava que não o tiraria nunca mais do pescoço, afinal, era um mapa para casa. Sua verdadeira casa.

Os dois ainda ficaram ali, tristes, por um bom tempo, olhando as naves que partiam uma a uma. Estas, assim que começavam a se levantar do solo, desapareciam como por encanto. Júlio, que já sabia sobre o dispositivo de invisibilidade, nada perguntou a Pedro. Ao se virarem para voltar para o abrigo, escutaram uma vozinha muito conhecida, vinda de longe, que gritava por eles. Viraram-se alegres e viram Lara, que não havia partido. Ela estava atrás de uma grande nave, onde Thalía acabava de subir, e correu para os dois pulando em seus braços em um longo abraço.

Foram muitas as melhorias no abrigo, e os garotos não demoraram a poder começar a usufruir delas. A obra foi mais rápida do que o previsto, já que a comunidade toda se uniu para ajudar no que fosse possível. Até os meninos colaboraram, ajudando com a limpeza e com pequenos serviços. O pátio central, antes todo cimentado, deu lugar a um imenso gramado, com um jardim no centro, onde também foram colocados bancos de madeira pintados de branco e um pequeno chafariz onde os passarinhos iam bebericar. Algumas mudas de árvores foram plantadas e, o melhor de tudo, na opinião dos meninos, foi o campo de futebol construído para que pudessem jogar bola nas horas livres, cercado de arame, para que a bola não se perdesse. Agora poderiam treinar a semana inteira, e não apenas aos domingos. Havia até uma pequena arquibancada junto ao muro. Só Júlio pensava diferente. Em sua opinião, era muito bom ter um canto agradável para ler no jardim, sentindo o perfume das laranjeiras e ouvindo o canto dos pássaros.

O prédio também foi todo reformado, um auditório foi construído para as reuniões com Alfredo e Malva; os três grandes dormitórios em que dormiam os cinquenta e seis garotos foram transformados em seis menores, com quatro ou cinco beliches cada um. Pedro, Júlio, Thiago e Mauro passaram a dividir o quarto do final do corredor com mais quatro garotos. No teto e nas paredes, foram instalados ventiladores, para amenizar o calor constante. Uma nova cozinheira foi contratada, já que Mariana desaparecera e não dera mais notícias. Pedro e Júlio se seguravam para não falar sobre o seu paradeiro.

Inspirado pelo que viu em Ayma, com a população colaborando para o bem estar de todos, Pedro sugeriu que fizessem uma horta e que todos os garotos se revezassem com os cuidados. A ideia foi muito bem recebida e até quem não costumava comer saladas passou a experimentar. Foram contratados professores particulares de inglês, música e artes, e, no terceiro andar, uma das salas vazias se transformou em sala de informática e outra em oficina de artes, onde os meninos passaram a ocupar o tempo com a produção de mangás e histórias em quadrinhos.

O ano letivo estava no fim, e os três amigos procuravam passar todo o tempo livre juntos. Mas naquele último dia de aula, Lara e Pedro estavam sozinhos no seu canto de costume porque Júlio decidiu repetir a merenda. Pedro ainda ria de uma piada de Júlio quando percebeu que Lara o olhava de forma diferente. Ela se aproximou o bastante para que ele sentisse o perfume de seus cabelos.

— Sabe, Arfat, naquela noite na floresta, quando você me disse o quanto eu era importante pra você...

Ela não terminou. Era a primeira vez, fora das missões, que ela o chamava pelo nome verdadeiro. Pedro arregalou os olhos, não acreditando no que estava acontecendo. Ela colocou a delicada mão em seu ombro e continuou, com os olhos marejados de lágrimas:

— Tive muito medo de que você morresse naquele dia, quando o Guto te atacou — Pedro sentiu um revoar de borboletas na barriga e teve a sensação de engolir um cubo de gelo, que parecia descer garganta abaixo.

Lara chegou ainda mais perto, olhando fundo em seus olhos, franziu o nariz de um jeito só dela e disse:

— Você *também* é muito importante pra mim — e o beijou levemente no rosto, abraçando-o a seguir, num abraço que fez Pedro sentir como se o tempo tivesse parado e só os dois existissem.

Embora ele preferisse que o beijo fosse na boca, não podia negar que tinha sido a coisa mais maravilhosa do mundo. Porque não era um beijo qualquer. Era um beijo do tipo pra sempre.

Durante as férias, embora Pedro e Júlio sentissem muita falta de Lara, o abrigo estava cheio de novidades e coisas interessantes para se fazer. Os treinos do Galinhos logo recomeçaram, e Alfredo emprestava a quadra duas vezes na semana para que eles treinassem. Pedro deu pulos de alegria quando o técnico do Tornado foi assistir a um dos treinos e o convidou para fazer parte de sua equipe, já que Guto simplesmente desaparecera e não dera satisfação, o que o fez chegar a conclusão de que ele deveria ter mudado de bairro. Pedro deu um leve sorriso e pensou: "Ele mudou sim, mas foi pra bem mais longe do que outro bairro".

O Natal logo chegou e o daquele ano foi bem diferente. As árvores do pátio foram enfeitadas com pisca-piscas, e havia guirlandas e outros enfeites por toda a parte. O cercado de arame que protegia o campo de futebol foi todo decorado. O lado de dentro do abrigo também não estava nada mal: uma enorme árvore de natal, com uns três metros de altura, foi montada no meio da sala de TV, mesas compridas, cobertas por toalhas vermelhas e verdes, foram colocadas rente as paredes, e toda a sala estava decorada com enfeites natalinos. Era uma noite muito aconchegante que colaborava para a felicidade de todos. Havia presentes para todos sob a árvore. Ganharam roupas novas, chuteiras, livros e brinquedos.

Pedro e Júlio, sentados em uma das mesas, comiam distraídos em seus pensamentos quando Júlio largou o garfo de repente e arregalou os olhos.

— O que foi, Júlio? — perguntou Pedro preocupado.

— O doutor Coutinho não trouxe nenhuma caixa essa semana, reparou? — respondeu Júlio apontando para o médico que vinha em sua direção com uma bandeja na mão.

— Você ainda está pensando nisso, Júlio? — perguntou Pedro.

— Claro, um bom detetive nunca descansa.

— Ele nunca deixou de falar nisso — disse Thiago, que estava ao lado.

— Sabe de uma coisa, Júlio? — disse Pedro, colocando uma garfada de comida na boca e falando de boca cheia. — Se eu fosse você, ia lá e perguntava de uma vez. Afinal, o que você tem a perder agora?

Júlio deu um sorriso e enchendo-se de coragem, aproveitando que o médico passava agora ao seu lado, perguntou:

— E aí, doutor Coutinho, um feliz Natal!

— Obrigado, Júlio. Para vocês também, garotos.

— Obrigado! — agradeceram todos.

— Mas afinal, doutor Coutinho, o que é que o senhor tanto leva naquelas caixas? — perguntou Júlio corajoso, não cabendo em si de tanta curiosidade.

O médico ficou vermelho como um pimentão.

— Bem... Não sabia que vocês tinham notado... É que, bem... São livros.

— O quê?! — perguntaram os três, quase ao mesmo tempo. Júlio engasgou e cuspiu farofa em todos. Pedro pensou em tudo que passaram, e só não estrangulou Júlio porque havia muitos adultos por perto.

— Sim — disse o doutor Coutinho meio sem jeito. — É que tenho andado estudando para tentar um concurso público. Como sabem, o abrigo corria sérios riscos de ser fechado, e eu perderia o meu emprego. Sabem como é, nunca é tarde para se voltar a estudar.

Pedro, Thiago e Júlio deram uma gostosa gargalhada deixando Coutinho e os demais intrigados, o que os fazia rir ainda mais. A noite estava tão bela e o céu tão límpido que, se não estivessem todos tão ocupados em comer e se divertir e parassem para admirá-la, com um simples olhar para o alto, veriam de relance uma pequena nave com a cauda de andorinha atravessando aquele pedaço do céu.

Sobre a autora

Nascida no Rio de Janeiro, Flávia Côrtes é escritora, roteirista, tradutora e pesquisadora na área de Literatura comparada. Graduada em Letras pela Universidade Federal do Rio de Janeiro (UFRJ), cursou a especialização em Literatura Infantil na mesma instituição.

Mestre em Estudos de Literatura pela Universidade do Estado do Rio de Janeiro (UERJ) e doutoranda em Literatura comparada pela mesma instituição. Flávia Côrtes é vice-presidente da Associação de Escritores e Ilustradoras de Literatura Infantil e Juvenil (AEILIJ).

Ao lado de outras autoras contemporâneas, como Rosana Rios, Beatriz Prado e Susana Ventura, Flávia Côrtes apresenta aos jovens leitores histórias repletas de aventura, cultura e reflexões importantes para a formação humana e cidadã, tudo isso em uma linguagem ágil e repleta de encantamento. Além disso, ela participa de eventos literários em todo o Brasil, compartilhando seu processo criativo e falando sobre a leitura.

Flávia Côrtes tem mais de vinte livros publicados, muitos deles selecionados para diversos projetos de leitura, além de terem sido premiados. Em 2012, seu livro *Pra voar mais alto* foi selecionado pela Fundação Nacional do Livro Infantil e Juvenil (FNLIJ).

Sobre o ilustrador

Acervo pessoal do ilustrador.

Alexandre Alencar nasceu no Rio de Janeiro, em Bangu. Ele é neto de cearenses e sobrinho-neto do poeta-repentista Patativa do Assaré. Cursou Matemática na Universidade Federal Rural (UFRRJ) e é formado pela Escola de Formação de Oficiais da Marinha Mercante (EFOMM).

Alexandre sempre gostou de desenhar e, na adolescência, os desenhos foram uma das formas que ele encontrou para ganhar dinheiro.

Ele é casado com a escritora Flávia Côrtes, que o incentivou a ser ilustrador de livros para crianças e jovens leitores, e desde então ele tem se dedicado a ilustrar os textos da escritora.

As ilustrações de Alexandre Alencar para o livro *O olho de Horus* foram realizadas a partir da utilização de giz pastel seco.

Uma aventura repleta de ficção científica

Histórias de aventuras sempre despertam a nossa atenção. Gostamos de nos emocionar quando acompanhamos um protagonista enfrentando desafios, desbravando mundos fascinantes e derrotando as ameaças que colocam em risco as forças do bem.

O olho de Horus é um romance repleto de aventura, não é mesmo? Pedro, o nosso herói, embarca nessa viagem ao desconhecido enquanto recebe treinamento para salvar o nosso planeta de seres terríveis. Durante a leitura, somos colocados em diversas experiências de aventura: viagens ao redor e para fora do planeta, treinamentos para enfrentar uma ameaça iminente, batalhas que podem mudar o rumo da Terra.

Além disso, as aventuras vivenciadas por Pedro são repletas de elementos de ficção científica: espaçonaves, seres alienígenas, tramas espaciais, tatuagens misteriosas capazes de proteger as personagens. Mergulhamos, durante a leitura, nesse mundo em que aquilo que consideramos impossível torna-se uma possibilidade assim que viramos a página.

Como a aventura, a ficção científica nos encanta, exercita a nossa imaginação, é capaz de nos manter conectados ao texto. Grandes autores já se dedicaram a escrever obras de ficção científica, como H. G. Weels, Arthur C. Clarke, Philip K. Dick, Isaac Asimov. As obras de ficção científica podem apresentar detalhes de informações desses mundos criados e, ao mesmo tempo, motivar reflexões sobre o homem e a sua maneira de agir com os outros e com o mundo ao seu redor.

Podemos perceber, desse modo, que *O olho de Horus*, segue o caminho das obras desses grandes escritores, pois além de nos presentear com a descrição de diversos detalhes desse mundo de ameaças espaciais, nos leva a refletir sobre a nossa maneira de nos relacionarmos com a Terra.

Podemos mencionar, ainda, a referência que o texto faz ao romance *Vinte mil léguas submarinas*, de Júlio Verne, que o amigo de Pedro aparece lendo quando eles estão no ônibus a caminho do cinema. Júlio Verne é considerado um dos autores responsáveis por dar origem ao gênero de ficção científica, e o romance citado é uma de suas obras mais famosas.

Você já pensou em preparar sua nova jornada repleta de aventura e ficção científica e mergulhar no livro de Júlio Verne? Talvez você possa seguir a dica do personagem Júlio e realizar a leitura dessa obra também

As ilustrações e o projeto gráfico

Vamos conversar um pouco sobre as ilustrações. Você já percebeu como todos os elementos de um livro são importantes para que nós possamos mergulhar em sua história? Vamos refletir juntos sobre esses elementos.

A capa apresenta elementos que nos remetem à mitologia egípcia, a esse mundo do Egito Antigo repleto de mistério e encantamento, como os hieróglifos. Conforme mencionamos ao falarmos sobre Alexandre Alencar, o ilustrador, a técnica utilizada para a ilustração da obra foi de giz pastel seco. Consegue perceber como esses elementos ilustrados nos transportam para a atmosfera da obra? Interessante, não é mesmo?

Outro elemento interessante de observamos são as ilustrações de abertura dos capítulos, que nos mantém nesse universo do Egito Antigo. São elementos ilustrados que nos rementem à pintura e à escultura egípcias. Dessa forma, podemos pensar que todos os elementos do livro são importantes para enriquecer a nossa experiência de leitura, tornando-a muito mais proveitosa e prazerosa.

Você gostou de nos acompanhar ao longo dessa jornada? Esperamos que sim.

Este livro foi composto com as fontes
HVD Bodedo Regular, Karmina, Khepri, Roboto Regular e Bold.